百部红色经典

中国向何处去

王若飞 著

北京联合出版公司
Beijing United Publishing Co.,Ltd.

图书在版编目（CIP）数据

中国向何处去 / 王若飞著. -- 北京：北京联合出
版公司，2021.7（2023.6重印）

（百部红色经典）

ISBN 978-7-5596-5109-9

Ⅰ.①中… Ⅱ.①王… Ⅲ.①评论性新闻—作品集—
中国—现代 Ⅳ.①I253

中国版本图书馆CIP数据核字(2021)第035120号

中国向何处去

作　　者：王若飞

出 品 人：赵红仕

责任编辑：孙志文

封面设计：李雅楠

北京联合出版公司出版

（北京市西城区德外大街83号楼9层 100088）

北京新华先锋出版科技有限公司发行

大厂回族自治县德诚印务有限公司印刷　新华书店经销

字数186千字　787毫米×1092毫米　1/16　13印张

2021年7月第1版　2023年6月第3次印刷

ISBN 978-7-5596-5109-9

定价：49.00元

出版前言

　　为庆祝中国共产党成立100周年，全面展现中国共产党成立以来中华民族辉煌的发展历程、取得的伟大成就和宝贵经验，集中体现中华民族的文化创造力和生命力，北京联合出版公司策划了"百部红色经典"系列丛书，希望以文学的形式唱响礼赞新中国、奋斗新时代的昂扬旋律。

　　本套丛书收录了近一百年来，描绘我国人民在中国共产党的领导下艰苦奋斗、开拓创新、改革开放的壮美画卷，充分展现我国社会全方位变革、反映社会现实和人民主体地位、弘扬社会主义核心价值观、讴歌中华民族伟大复兴中国梦的100部文学经典力作。

　　本套丛书汇集了知侠、梁晓声、老舍、李心田、李广田、王愿坚、马烽、赵树理、孙犁、冯志、杨朔、刘白羽、浩然、李劼人、高云览、邱勋、靳以、韩少功、周梅森、石钟山等近百位具有代表性的中国现当代著名作家。入选作品中，有国民革命时期探索革命道路的《革命的信仰》《中国向何处去》，有描写抗日战争的《铁道游击队》《敌后武工队》《风云初记》《苦菜花》，有描绘解放战争历史画卷的《红嫂》《走向胜利》《新儿女英雄续传》，有展现新中国建设历程的《三里湾》《沸腾的群山》《激情燃烧的岁月》，有寻找和重建民族文化自信的《四面八方》，也有改革开放后反映中国社会现状、探索中国道路的《中国制造》，同时还收录了展现革命英雄人物光辉事迹的《刘胡兰传》《焦裕禄》《雷锋日记》等。

本套丛书讲述了丰富多样的中国故事，塑造了一大批深入人心的中国形象，奏响了昂扬奋进的中国旋律。这些经历了时间检验的文学作品，在艺术表现形式、文学叙述方式和创作技巧等方面都具有开拓性和创造性，作品的质量、品位、风格、内涵等方面都具有很高的水准，都是有筋骨、有道德、有温度的优秀作品，很多作家的作品都曾荣获"五个一工程奖""茅盾文学奖""鲁迅文学奖""国家图书奖"等奖项。

为将该套丛书打造成为集思想性、艺术性、时代性为一体，展现新时代文学艺术发展新风貌的精品图书，北京联合出版公司成立了由出版界、文学艺术界的资深专家和学者组成的编辑委员会。他们从文学作品的历史价值、文学价值、学术价值、现实意义等维度对作品进行了深入细致的研读和筛选，吸收并借鉴了广大读者的意见与建议，对入选作品进行深入细致的分析与综合评定，努力将"百部红色经典"系列丛书打造成为政治性、思想性和艺术性和谐统一的优秀读物，向伟大的中国共产党成立 100 周年这一光荣的日子献礼！

目　录

王若飞自传[1]

　　我于一八九六年生于贵州安顺城内一个地主家庭中。亲祖母早死。[2]只在五岁前，我是九十多岁的曾祖父最宠爱的小孩。自曾祖父死后，庶祖母即将我父亲逐出（她偏爱其亲生的伯叔）。我母被留作磨房推磨与厨下烧饭工作，而我与妹妹则成了祖母、伯叔每天拳打脚踢的东西。七岁时才被齐生舅父接到贵阳（连同母妹一块）。我父亲当时流浪各地，自己衣食都照顾不过来，所以我童年时代，完全是在舅父家中养活长大的。我舅父家庭也很清贫，完全靠教书过活。他创办达德学校，我即在该校读书（这个学校现在已有三十七年历史，有学生一两千人）。舅父及许多进步教员，经常秘密灌输我们以反清革命思想。十五岁时，遭逢辛亥革命，我也兴高采烈参加当时的学生队，担任稽查城防工作。这时许多过去受政府监视迫害的分子，都成了当时政府的要人，我大舅父也作了实业部长，二舅父则任贵州政府出外联络的代表。

　　哥老会组织突然公开了，所有武装部队都参加了哥老会，下层群众也在哥老会组织下纷纷起来。但因为他们侵犯了地主阶级的利益，破坏

---

[1] 本书收录的作品均为王若飞的代表作。其作品在字词使用和语言表达等方面均具有鲜明的时代特色。此次出版，根据作者早期版本进行编校，文字尽量保留原貌，编者基本不做更动。原稿本身脱字或文字模糊不清、无法辨别之处以□替代。

[2] 本自传未写完，作于1942年延安整风时。

了地主阶级的旧秩序（不还地主租债，并向地主要款）。地主阶级的代表戴戡、刘显世、任可澄等，乃勾结滇军唐继尧，假名北伐，于一九一二年一月进兵贵阳，将真正领导贵州光复的军事力量、政治力量全部扑灭。我也自是年离开学校，到一个最爱我的老师蔡衡武先生所开的书店作店员，一面作事，一面读书（老师的小女蔡之璋现在延安工作，是党员，当时还在怀抱，现已卅左右了）。继续了两年之后，又随我大舅父到铜仁矿务局（开采锑矿）工作。

一九一五年冬，滇黔讨袁军起，舅父黄齐生代表贵州政府出外联络，命我携款从湖南赴沪。当时沿江客旅已不通，盘查由贵州出外的人极严。我行自辰溪被扣，经过月余以无确证释放，乃赶到上海，随舅父遍历南北各省许多地方，于一九一六年冬天才经四川回转贵阳。一九一七年，即在达德学校任小学教员。是年冬考取留日学生官费，同时，我舅父也因受当局故意为难、压迫，遂于残腊风雪中匆匆相偕离家远出，从此以后即未回过贵州。一九一八年初到达东京，为了领官费挂名为明治大学学生，实际完全自己看书，未上过一次讲堂。这时已受十月革命的影响（一九一八年），尽力搜读社会主义刊物。一九一九年因五四运动回国，参加一般宣传工作，并参加舅父黄齐生先生所领导的"贵州教育事业考察团"，到当时所谓"模范县"的南通及"模范省"的山西考察。十月回到上海，值李石曾、吴稚晖等提倡赴法勤工俭学，遂向蔡衡武先生借到三百元路费，买船赴法。到法后，只住了三个月的学校，其余三年多的时间，完全靠作工来维持生活。为寻职业，曾流寓了法国、比国许多的城市，受过多次失业与饥饿。工余集合同志，研究社会主义书籍，参加法国职工会组织，并进行对华工的教育，帮助他们争自由的工作（当时旅法华工约廿万，他们没有居留证，不能自由行动与找职业）。又到处访求思想前进的同志，结识了赵世炎、陈延年、蔡和森、罗迈等。当勤工俭学生争取里昂大学读书运动失败后（我是这运动的一个负责人），许多困守在里昂大学校舍中的好同志被迫押送回国，我们幸而在外留下者，即继续进行组织"旅欧中国少年共产党"运动，于一九二一年正式成立，曾出版"赤党"、"少年"等刊物。一九二二年加入法国共产党,同时得到国内中央信（廖焕星带去的）,承认我和赵世炎等人入中国共产党。一九二三年春,得到中国共产党在莫斯科代表之帮助,参加第一批（二十人）到莫斯科东方劳动大学学习,满足了我多年以来的渴望。

一九二五年春正当中山北上国民会议促成会运动开展时,被派回国。当抵国内时中山已死。在上海短时工作,即赴广州参加"五一"召开的第二次全国劳动代表大会。在大会闭幕后党团开会总结时,与张国焘通宵争辩,批评他的领导不对（张是党团书记）。以后中央派我到河南帮助当时河南的督办胡景翼开办类似黄埔的军官学校（有苏联顾问三四十人）。但在胡死岳（维峻）继,不愿执行我们从前与胡商好的计划,我遂改做地方党的工作,任豫陕区党委书记。是年冬转任中央秘书长,同时参加上海的一些工作,参加上海的三次暴动。当时中央组织机构极不健全,最重要的中央组织部根本无专人负责,甚至连专门的工作人员也没有。陈独秀在政治上和组织上均实行其家长式的领导与机会主义的领导。秘书处是他下面的主要工作机关。应该承认我在当时对许多问题的认识都很幼稚,不能深刻认识陈的错误,盲目的信仰执行。自己应当负一部分很大责任。一九二七年五月在汉口参加五全大会时,对当时客观严重的形势与党的最高领导机关内分歧意见及不团结现象感到非常苦闷。五全大会后,即派回上海参加江苏省委常委工作,此时上海已处在严重的白色恐怖下面。省委、上总、各区委机关及主要负责同志不断遭破坏被捕,我总算侥幸逃过了好几次追捕,坚持当地的工作。当"八七会议"的决议传达到上海时,我恍然大悟从前陈独秀领导机会主义的错误。可惜尚不透彻,因之在我以后所领导的江苏各县的秋收暴动中,又犯了不少盲动主义的错误。固然这是与当时中央的若干指示有关,但我并不委卸我主要应负的责任。

一九二八年春已深深感觉是当时在上海工人的斗争方式和沿沪宁路农民的斗争方式不能再用过去武装斗争的一套。但对于新的组织形式与斗争方式也还在摸索。中央当时曾决定派我赴莫斯科出席共产国际六次大会，因为我当时的工作颇受中央责难，同时鉴于许多有问题的同志都是以送莫解决，因此提出一定要允回国工作以示不是处罚。但经秋白、恩来等同志的批评后，自己很快就认识此种提法错误，无条件接受去莫。

同时中央曾要我帮助陈独秀赴莫，说国际如何爱护他，希望他去。陈的回答是"八七会议"、"十一月会议"批评他的错误，却不要他参加，不要他发表意见，他以为到莫也只有挨骂，不能说话。他虚伪表示承认国际路线的正确，承认他过去领导的错误，但不赴莫。任凭秋白、恩来同志如何苦口相劝，他终不走。

我在六次大会上没有认识陈这种说法的虚伪与错误，而反认为有部分理由，经许多同志批评后已自知错。六次大会使我受到很大的教育，在大会后，为了表示自己纯无个人企图，为了加深自己的理论学习，诚恳的请求留莫学习。被允许入列宁学院并担任驻农民国际代表，参加中共代表团工作。

一九二九年冬联共清党时，恰值陈独秀在国内进行公开反党活动，张国焘以中共驻国际代表资格极力诬蔑我参加陈派反党活动，建议开除我的党籍。后经国际监察委员会详细审察后，认为我远在莫京，参加陈在国内的反党组织是无根据的，但认为我在六次大会时的错误，应给予严重警告和参加生产一年。我完全心服的到斧头镰刀工厂去做铁工，经过半年之后（一九三一年七月）共产国际东方部忽然通知我，要我准备回中国，担任开辟西北陕甘宁绥一带的农民解放斗争与民族解放斗争。在莫与我同出发的有一个布里特蒙士同志，二个步兵学校教员（中国人一名田德修、一姓潘××）。到库伦后又增加了几个内蒙同志，分批化装两路，一路经绥远，一路直趋阿拉善定远营。约定我先到绥远布置工作后再到定远营会合。我们当时还带有找陕西党、找马仲英、找蒙古人的一些关系。我于九月底到绥远。先在归绥，后到包头、五原等地。找到了当地蒙古同志云泽（曾到过莫京孙大），调查清楚了绥远原有国民党内蒙古左派的组织，决定了以后蒙汉组织工作方向。当我由包头准备动身赴宁夏的前一天晚上（大概是十月廿几号的晚上二三点钟），突然有十几个查店的警察宪兵拥入我房内，满屋搜索，未找出什么，复将我带至公安局内全身搜检。我趁解衣脱手时急将藏于里裤之文件（云泽给我的七页用洋信纸写的报告，上面有我批的许多意见）塞于口内，但已为宪兵将我喉管卡住不能吞下、只有尽力的咬烂，但纸质好而多、不易消化，延至二三分钟气接不上来，仍为宪兵残狠的从口内掏出。在当天晚上审问时，我以为文件总已咬烂，什么也不承认，第二天早上他们将文件烘干烫平，特别追询田德修与云泽住处极严（田、云店主报告他们的面貌，不知他真名），我在任何威胁下，坚拒回答。

一个特别的学生

（一九二〇年九月十九日）

铛……铛铛……，学校的钟已经报了十下了。一间寝室里面有三十多个学生，多已呼呼的睡着；只见一张床面前，还燃着一盏小小的洋烛，有一个学生正拥在被里拿着一本书，翻来覆去的观看，但他那神气，又好像不甚属意于书的样子。看了两篇，又将书抛下，一时又重复拿起，如是的经过了几次，觉得有点疲倦，方才吹灯睡下。

那灯虽然熄了，他却不即睡着，床上有翻腾的声音，仿佛正在思考一件事的样子。闹了一两点钟，才渐渐的睡着。

学堂的规则是六点半钟入自习室，七点半钟进早餐。他因昨夜睡得很迟，直到七点一刻才醒起来，匆匆忙忙的披上衣服，胡乱洗了两帕脸，口也不漱，头也不梳，便跑进餐堂去吃早餐。

因为学校的管理很宽，他的同学睡懒觉的也很多，所以还没有人干涉他这种行动。

这个学生，因为他性情洒落，不拘形迹，言谈动作，都另是一种性情，大家就送他一个绰号，叫"大神精（经）"。他又常穿一件宽大的外套，顶一顶高高礼帽，行动不离的夹着一个大方夹，仿佛大学教授的装束一样，众人又送了他一个"博士"学位。

他的衣服、帽子、靴子是不轻易用刷子来刷的；他的朋友多是爱好的，每日起来，洗脸、梳头、刷衣服、擦靴子，至少要耽搁一刻钟的时光。他常笑他们把时间这样浪费，太不经济。然而他却自己看看身上穿的青衣服已是变了灰色，黑靴子也成了黄靴子。有时众人见太污秽得不像样，劝他整理整理，把刷子也送到他的面前，他拿起来，轻轻的略擦一擦，就放下了，好像深恐刷坏了刷子的样子。

他的头发，差不多三个月才剪一次，只有沐浴倒还勤快，因为他视沐浴是兴奋精神的一个法子，所以倒还去做。

要说他不爱清洁，然而他对于旁人的不洁又是很厌恶的，"真是老鸦笑猪黑，自己不觉得"了。他平常对于居住的地方和箱子用具，见着零乱不堪，寻觅东西费力，也尝细细地收检过一两次，但是到了第三天，亦复又杂乱无章了。

他那遍身的荷包内，尽都塞满了信纸文件，有些日子太久的，不是字迹磨灭，便是揉成粉碎。

他当时很喜欢吃酒，每吃必醉，这醉竟是一种烂醉，差不多人事不知，同死人一样，直要休息几天，方能恢复，后来算是戒得多了。他平常很喜欢看修养的书，有时和朋友讲论学术，所说也极有理。但是问他自己究竟已实行否，这就不敢说了，他的修是嘴上的修养，要讲实行，只怕还不及不知的人呢！

他研究的学问毫没有一点系统，得到这样看这样，得到那样看那样，所以很是肤浅。若是与人谈学，说到专门切实的地方，便去不了，不过仗着他人聪明，还不会露马脚罢了。

他是个最不守纪律的人，别人定的他要破坏，就是他自己定的，也不能自己遵守。不单是办事是这样，就是讲学也有一种推倒一切的精神，看去虽是狂妄，倒还有他独到的地方。

他平常言谈举止，无处不流露一种夸大妄诞的态度，因为他很敬羡拿破仑的为人，有时登高独立，俨然效拿破仑蹴踏万家的气概。同学尝讥诮他，说这就是拿破仑么？他听了并不以为忤，也不因此收敛。

他喜欢读古英雄之传记，每到兴会淋漓时候，便不禁忘形的做作起来。但他所取的英雄，又与众人所见不同，桓温过王敦墓，称敦为可爱，真是赏识于牝牡雌雄之外了。

俗话说：说大话者多不能做大事。"大神精（经）"恐怕也是这样的人，不过他有一件难得的地方，就是普通一般人遇着未经见的事，危险的事，繁难的事，总有一个畏难的观念，他却毫不在意，无论力量能不能担负，总要举他一举。能耐苦，不畏难，他倒有这六个字的精神。

"大神精（经）"对于宗教的书，也喜研究，他尤好读佛经；但他对宗教的信仰，却很薄的。因为这心思既不能沉潜深入，见解又时多怀疑，这两件都是于信仰最忌的。正是聪明人的得处在此，失处亦在此。

社会是罪恶，人生是悲苦，这两句话他很相信。但他不因此而入厌世一流。以为我们当战胜罪恶，战胜悲苦，创造一个理想世界。

他这次来法所想研究的为哲学和社会学。有人问他学这两项的用意，他说道：欲救今日之中国，物质科学，固不可缓；精神科学，尤当注重。因为人民若没有正确的人生观以支配一切，就仿佛没有脑筋的人一样，那是全无用的。

他对公共的事情，倒很热心办，常说一个人在一个社会里面，当注重群众的利益。凡是一宗事情，只要是我所能办而又非我办不可的，就要牺牲自己一点精力，努力去做。所以同学里面，一有公事，多半找他，弄得他应接不暇，完全不像以学为本位的样子了。

他办起事来，虽肯任劳任怨，但非常专擅，差不多没有商量的余地，呼这个，喊那个，完全是一种指挥命令的样子。众人平日知道他的性情，并且又是公事，倒还不肯与他为难，然而终有一些人，心里很不满意。这不能说别人的不好，试问有骨气的人，那个肯受这样的呼斥呢？

他的生活完全是一种不规则的生活，无论求学办事，遇到兴奋的时候，差不多夜以继日，废寝忘食，全不觉倦。及到锐气一消，比那驽马还要难教一点。

他的品行是不完美的。不过根性还不大差，小德出入罢了。

他待友很能推诚相与，所以同学很喜欢和他相交。他那种脱略不拘的性格，本来最易得罪人，大家多知他没有什么坏心，所以多能原谅他。

我絮絮叨叨的写了这一大篇，到底这个学生是谁呢，不消说就是我王若飞了。我写这篇的用意：第一是明明白白的把我的真性情表出来，使你知道若飞还是当年的若飞，不要以为一出洋来，会吹几句新思想，便变成时髦的青年志士了。第二是因为旁人批评我多不确当，我自己的得失，我是很知道的，我虽想将不好的地方痛痛戒绝，努力从好的方面去走，但是我却没有这种毅力，还要朋友匡救！

"敛才就范，切忌眼前有虚名；留起精神，备他日担当宇宙。"此皆我最近极喜欢的格言，特写来作个"尾声"。

（原载《达德周刊》第二十三期，一九二〇年九月十九日）

圣夏门勤工日记

（一九二〇年十一月一日）

　　我来法国，不过七月，进工厂作工，也只得两个多月，关于法国各方面的情况，自然不甚清晰，就是工人的生活，也多茫然。慕韩君因我进了工厂，嘱我做一篇介绍作工生活的文章，我一则没有闲时间，二则所知甚少，不能作一种分析的记载，但是我想国内人士所急欲知的，不过是我们实际生活的情形，我作工时所记的日记，虽然杂乱琐屑，惟其越琐屑的地方，越可以推见实际的真象，我现在就把这个拿出来供大家参考罢。

　　我是一九一九年十二月到法国，在上海起身时，通共只带四百块钱，买船票置衣装就用去了三百元（所坐的船为美国船三等舱，去价一百四十五元），抵法只剩一百元，当时只合法币八百佛郎左右，全数交存华法教育会，由会中代为保管。

　　我在方登普鲁公学，补习了四个月的法文，每月正需的学膳费，只一百六十五佛郎（兼洗汗衣袜子，不另取资）。我因为好游，每月约多用一百佛郎，同学普通每月用费，不过二百五十佛郎。四个月共长用了三百佛郎，我当存款将用完时，就托教育会代觅工作，教育会因为工作难觅，允由会中暂时维持学费，俟春假满后，再为设法。

　　工作难觅的原因，或说是大战期间，女子乘机占了男子的位置，现刻退伍兵士，还有许多失业的，无法安插，或说是战后原料煤炭缺乏，各工厂多未恢复，所以工不易觅。据我的观察，法国战后，元气大伤，必定要力求填实，需要的工人，当较战前为多，这工作难觅，不过是一时的现象，而非永久的现象。

学校是三月二十七号放春假，华法教育会先于二十四号召集各校代表在巴黎开会，所讨论的虽多，其中最重要的，就是报告觅工情形。据谓已在圣泰田 Sainf etienne 地方，觅得工位三百四十三个，可以容纳春假后出校作工的同学，关于分派同学作工之先后，用三个条件来决定：

一 到法的先后，

二 存款的多少，

三 有无工艺技能。

那来法国最早，存款又已用完的，遇着相当的工作，自然要尽先安顿。

虽没有一二两项资格，但他却有一种专门的技能，也可以先派工作。除了这两项人之外，方轮到其余的。若遇工位不敷分配的时候，凡同学存款用完，而又不得工的，教育会担任维持生活费，等得了工后，再储蓄工资偿还。

四月五日

接别校同学先赴圣泰田者来信，说工厂待遇很好，工作也不如何繁难。

四月七日

教育会将作工人名单寄来，凡存款在四百佛郎以上的，本人虽愿作工，因没有工位，仍然留校补习。

四月八日

接教育会电，嘱准备明日动身。我们同学作工的，共有三十五人，得了这个信息，都非常欢喜，即刻把行李收拾帖妥，留校的同学，纷纷和我们饯行。大家对于这回去作工，好像是一件很快乐的事，全没有半点痛苦的忧虑，这种精神只要能继续不懈，真是难得。

四月九日

上午教育会派代表给我们送路费来，每人发一百五十佛郎，宣告今天下午六点钟起行。我们当时就举出几位法语娴熟的人，经理买车票运行李种种事务。

方登普鲁学校，待遇中国同学，非常优厚，就是这地方的人，对于我们的感情，也还不坏。此处风景，又极佳妙，我们现在要和他离别，心中不免生了一种留恋的感想，正是古诗所谓：

　　　一花一草寻常见，到得临别总耐看。

我们向校长说了一些感谢的话，又送学校夫役一百佛郎的酒钱，校长对于我们这种求学的精神，很是敬重。

我们正兴高采烈的准备动身，下午两时突然接着教育会的电报，说工作忽生阻力，嘱我们再待数日。同学阅电后，多数人勃然大怒，因为我们候工，已经顿挫了若干次，这回圣泰田的工作，又把我们排在后面，现在已将动身，仍复停顿，疑是会中办事人拿我们作儿戏，即令不是如此，也有办事不力之咎，全体坚持必行。教育会代表钟君，将众人的意思，由电话中通知会中办事人刘大悲君。刘谓若诸同学一定要去，将来不能得工，教育会不负责任，言词很是斩截。众人听了，知道工作停顿，必有原故，把先时的感想，一变而为怀疑。约有一点钟的光景，教育会又派代表彭君来说，学校春假将满，诸君在校待工不便，可出住旅馆，每人再加发五十佛郎作一星期的旅馆费。我们问他工作停顿的原因，他说会中也是接圣泰田的电报截止，实际的真象，还要等明日方知。我们既知道工作停顿，并非无故，教育会又只发一星期的旅馆费，是已明白表示当于一星期内，替我们另觅得工作，也就不如何争执了。内中有八位激烈点的同学，以为在巴黎附近住旅馆等工，恐怕还是不稳当，教育会觅工的职员向迪璜君，既在圣泰田，我们不如仍一直到圣泰田见着向君，就容易商量了。众人以他们这主张，近于冒险，多不赞成，他们八位，遂另为一组，单独先往。

四月十一日

巴黎有人来说，工作所以停顿，因先入厂的同学中，有三五人不能遵守工厂作工时间，厂门已闭，方往叩门，又作工时因怕冷怕痛，或戴手套，或以一手插荷包内，单用一手动作，这些情形，映入厂长眼中，自然不快，虽不便即行辞退，然而对于以后的，遂拒绝不收了。

四月十三日

到巴黎访刘大悲君，问觅工情形，刘君谓诸君托觅的工作，有愿作铁工的，有愿作纺织工的，有愿作化学工的，诸君想作的工，必定与诸君以往或将来所研究的学问有相连的关系，教育会职员自当尽力去找。不过当这工作难得的时代，要求尽如人意，恐怕是不可能的。为维持目前计，所得的工纵然不合诸君最初的志向，也只好请诸君将就了。

又谓诸君多没有工艺技能，又不能作笨重的苦工，最好是先作学徒，既不如何劳苦，又可得一种技能。但是学徒之在工厂，得益很少，因为不仅工艺时时需人指点，并且耗费他的材料，故非工厂所欢迎。现在正和几个工厂接洽，昨天有一个工厂的代表来说，当学徒当订三年的合同，庶诸君学成后不至遽然舍去，工厂较为有益。我因为三年的期限太久，诸君必然不同意，可向他另提出三项：

一、不定期限不订合同，

二、三月为期，

三、一年为期。

现在还没接着答复，别处如有信息，当通告诸君自己决定。

四月十四日

教育会派人来说：谓昨接圣夏门 Sainf chamond 钢铁厂来信，允收中国学徒二十五人，命我们即刻前往，这二十五个位置，除已到圣泰田的八个之外，还有十三个尽来法较先的先往，其余的留待第二次再走。

四月十五日

下午六时，由方登普鲁起程，留校同学，多来车站送行。圣夏门在里昂附近，离圣泰田也只半个小时火车，由方登普鲁往，车费需四十二佛郎，中途换车两次，一在蒙达尔，一在圣泰田。八时抵蒙，下车稍进饮食，日间很热，众多着春服，夜间极冷，立月台上，寒风扑面，牙齿相击有声。平时间圣泰田的车方到，车上人已坐满过道内，还立着无数的人，我们勉强挤上，连站的地方差不多也没有，我们侧足的挤做一团，气息为之室塞，车行时又极震荡，颇觉闷苦，半夜有人下车，才得座位。

四月十六日

天明车抵圣泰田，下车计算人数，不见了三人，详细察问，才知道我们昨夜由蒙达尔上的火车，前半节开圣泰田，后半节到中途另改道别处，他们一定坐错车了。

由圣泰田换车，半点钟就到圣夏门，一路山峦起伏，我看了引起一种亲切的意味，因为我许久没有见像故乡这样的山景了。

九时车抵圣夏门，我们走出车站，举目一望，只见黄尘满地，黑烟四起，天色愁暗，河水污浊。街市并不繁华，房屋也多败陋，往来的人，尽是些浓眉大眼衣服褴褛的劳动者。我们方从美丽庄严的方登普鲁来，见了这种景象，未免有点不快。然而一转念间，还是劳动的精神战胜，觉得这黄黑的烟云，也是大块的文章，粗野的劳动者，才是人类过正当生活的人，又是文明的制造者，我为什么要厌弃他呢？

我们所进的工厂，一问就寻着了。看门的人把我们引至招工处，这招工处就像中国的号房（或称门房）一样。凡是招工的，都要先到此处交涉。管理员问明我们的来历，然后引至办事处将华法教育会的介绍书投进，等了半点钟的光景，有一女书记出来问我们的姓名，又拿一张纸转令我们把各人愿学的工作开上。我们同学十分之九是没有做过工的，既不知道铁工里面分若干部，更不知那一门容易学。只有一位王良翰君，他曾做过几个月的制模（或称翻砂），于是学制模的竟有一大半人，其余的都是学锉工。单子开完，书记拿过去，又隔了许久，始出来告诉我们，下午二点钟再来候信。我们遂退出，同入咖啡馆。将下午会集的时间商定，然后各自散去吃午饭。

我所领的旅费，用到这里不过剩三十多佛郎，还有工衣未买，宿舍未定，所以这顿中饭，就实行节食主义了。

这个地方的人，对待我们多带一种嬉笑轻侮的样子。和他买东西，明明见着摆在玻璃柜里的，他竟答应我们没有。同他问好，他也置若罔闻。听说此地原有华工在过，想来是他们替我们种的好影响了。无怪我们同学中找工，多想找没有华工在过的地方。我虽然不以他们这种畏怯的行动为然，但我今日身处其境，真有许多难堪的地方。要求恢复名誉，倒要大费一番力量。

下午一时，会着先到圣泰田的八位，他们的工作交涉，昨日统已办好，都是学锉工。因问他们何以没有人学制模，八人中有黄杨两君以前曾作过制模工的，向我们说道，制模这项工作很苦，在初学的时候，一无所知，只好做那搬石筑土等笨事，即到能够制模，便要亲倒铁水（即熔化之铁汁），稍不谨慎，铁水落在身上，轻则坏衣，重则肌肉尽烂，杨君以前为铁水伤脚，医了一个多月方好，并且现在已离暑天不远，平常的热，已受不住，怎还经得起大火来烤哩！

众人听了，多后悔早上答应时，不该写学制模。

两点钟到招工处，管理员逐一检阅我们的护照，验毕，然后用正式表册填写各人履历和所愿习的工作。早上签名学制模的同学，多趁此机会，改报锉工。不改的只有六人，我也是六人中之一。填写既完，管理员命一人拿表册引导我们到办事处。办事处的主管者在表册上签字后，又命引我们到验身房，尽脱了周身衣服，受医生的检验，手续虽不麻烦，但是脱衣穿衣，却很要费点时间。

先来的同学向我们说，工厂指定的寄宿舍和食堂，都是同黑人、阿尔及尔人、西班牙人在一块。寄宿舍的建筑，仿如营棚，每间可容一两百人，铺位安置也如长江轮船的统舱一样，污秽恶浊，实在不能住。我们对于劳动的苦可以受，这种苦却有点难受。已和工厂职员交涉，请他替我们另开寄宿舍，现在还没有得到他确实的允许。

我们由验身房出，仍转到招工处，管理员说诸君既不愿同黑人一处食宿，今晚只好请住旅馆。明天再来候信。我们因恐旅馆拒绝不纳，向他要了一封介绍书，以为一定稳妥了。殊知这家旅馆的主人，过于谨慎，竟回答我们没有房间，第二、第三家都是如此。一直走到第四家，已再寻不出旅馆来了。幸而这家主人还好，他见我们衣冠整齐、行动有礼，不像个流氓工人的样子，答应收留。我们听了，那种欢喜的情形，仿如待死的囚人，忽逢赦免一样。我们昨晚既没有睡觉，今日又奔波了一天，中饭也没有吃，所以非常疲困，一进房门，便倒睡床上，什么事都不管了。到七点钟，才起来去买条面包和冷水豆饼嚼食，其味异常香美，正所谓饥者易为食了。

同学中有连买面包钱都没有的，又困又馁，想起了在家中当少爷时候的快乐，禁不住睡在床上痛哭。我看着真是可怜。他们口口声声骂教育会的职员不会办事，设使圣夏门离巴黎不远，我敢说一定有若干人要跑转去的。

四月十七日

上午七时到招工处。管理员告诉我们今日是礼拜六，下礼拜一再来作工。我们问他宿舍究竟如何，他说还有几天才收拾得出。于是我们转旅馆就拍一个电与华法教育会，请快拨点款来接济。

下午到公园游玩，园子虽然不大，布置倒很曲折。在这烦躁的地方，不想还有一片清凉境界，供我们恢复精神之用。

四月十八日

今日星期，各工厂都停工休息，下午出游街上。

圣夏门是属诺瓦 Loir 省管的一镇，地方很小，居民不过五六万。在此地住的人，十分之九，都是工人，大街只有一条，并没有什么大商店。咖啡馆（兼卖酒）却极多，每日晚饭之后，工人多到里面吃酒，或斗牌，或打弹子。星期的这天，更是座上客常满，杯中酒不空了。在公园内遇华工五人，彼等现在此地人造丝工厂作工，远远见着我们，就脱帽招呼。我也跑上前去问好，有一两位同学，反远远的避开。他的意思，以为不和华工接近，法国人还分得出那些是学生，那些是华工。若同住一块，就要受法国人一例的轻视。我很不以他们这种见解为然。

公园侧大庭内今午开一音乐会，为工人募款。有工会会员在场演说工人之痛苦，听的人都现一种感动愤激的样子。

夜间有同学由圣泰田来，替我买得工衣一套，衣用蓝色粗布缝成，去价十六佛郎五十生的，合中币不过一元两角，可谓廉矣。

四月十九日

我们所进的工厂，法文名字为 "Compane dos Fargeret acierier de lamarine"，是一个很大的炼钢厂。现在因为缺煤，有一半没有开工，然而作工的还有一万五千人，就可想见他规模的宏大了。工厂的周围，约有六七里，绕以很厚的砖墙，分二十四道大门出进，望去仿如一座城池。厂内烟筒林立，铁轨纵横，初入其中，多转了几个弯，就要迷路。

今晨七点钟，到招工处，八时管理员方来，将学制模的和学锉工的分为两队，令两个人分引到两处工作场所。我们学制模的共有六人，由 R 门进，先在门房挂了号，然后到制模工作场见本场主任。主任问了我们的姓名后，叫我们明天七点钟穿工服来此地作工。交涉办妥，仍然转到招工处。管理员谓寄宿舍下午可以整理出，你们赶快准备搬进。又每人发一张吃饭执照，从今天起，就在 Cantinc 寄宿舍内吃饭。

寄宿舍在工厂附近另一大围墙内，有同式的平房约二十间，每间可容百余人。前面有一条小溪，两岸都是树木，过溪为旷野，风景颇不恶。我们住的房子，在最后一进，另用木栅关拦，不许别人乱入。这一间屋内，又分为七小间，在这里住的同学，共有二十二人，拿五间做寝室，一间堆行李，一间做公共读书的地方。自来水、电灯、床铺、桌椅都设备得很完全，比起学校的寝室，相差不多。我们看了，真是喜出望外。

食堂离我们住屋约三百步，房极宽敞，可容千人会食。于这大食堂里面，又划出四分之一的地方，另拦为一间，布置特别整洁，有长桌十二张，每张可坐十人，桌布饭单刀叉俱有。我们就和几个法国人在这里面会餐。食品除面包外，有肉一盘，菜蔬一盘，点心一道，很是丰盛。早上吃咖啡，午晚两餐的菜，大概相同。若要饮酒吃茶，当现给钱。

西班牙人、黑人、阿尔及尔人、阿利伯人和少数的法国人，所住的寄宿舍，都没有我们住的那间光明洁净，吃饭的地方，也不摆什么桌布刀叉饭单。桌子是锁在两条板凳的中间，到吃饭时各人自带刀叉，木桶装汤，镔铁盘盛菜，还要自己亲到厨房去拿，看去真不及我们多了。

下午我们把住的房子，略加陈设，焕然一新。夜间同学有携得有中国乐器的，或弹或唱，顿觉满屋中都充满了甜美的快乐，把种种烦恼，全抛在九霄云外了。

今天新到作工同学四十余人，方登普鲁候工的十人，也在其内。他们所进的工厂，法文名"Chavamle—Brun Freres"，也是个制铁厂，不过规模没有我们的大，只有三千工人。工厂虽然不同，吃饭却在一处，想来他这种消费的设备，一定是各个工厂可以共通的。

四月二十日

工厂规定，一星期作工四十八小时。除星期休息外，平均一天作工八小时。上午自七点钟起，至十一点半钟止，下午自一点半钟起，至五点钟止。先五分钟以前进厂，若是迟到，大门一闭，就不能入。

我们今日是开始作工的一天，所以起得格外的早，五点钟已收拾完备，六点钟到食堂吃咖啡，六点半进厂。制模工场门首有铁柜四排，一排又分为若干格，有照料的工人来指我们，叫把身上的洋服脱下，放在里面，另外换穿工服，工作完后，仍换穿洋服出厂。

时辰钟的旁边，挂着工人号码牌，这钟下面，安得有印时刻的机器，凡是工人到厂，将自己的号牌向钟下一压，便印上某日几点几十分钟入厂字样。工场主任就根据这个来清缺席，丝毫不能作弊的。七点钟时，汽筒一叫，便动手作工。我们在的这个制模工场，不过是这个大工厂中的一小部分，只有一百多名工人。直接管理工人的有工头，工头之上，还有主任。这一部的事，全靠主任主持。当这主任的，是一个道貌岸然很有学问的工程师。他手下还有两个助手和几个书记。

这个厂屋，专是铸铁，有炼炉五座，每炉每次可熔铁一万基罗（每基罗约合中国二十四两）。铸出的铁器，待修理者，遍地皆是。物件过重，移动不是人力所能胜任。取卸转移，全用起重机。大起重机有六架，小起重机有四架，提取数万斤重之物，毫不费力。我最初见他吊着一万多斤的铁轮，隆隆从头上过，又听着照料的工人，不住声的喊注意，心中不免有点畏怯。及至多见了几次，也就不以为意了。

工头将我们学制模的六个人分去和几个熟练的工人在一块，一面学习，一面帮他的忙。我和李君相从的，是两个老工人，内中有一个已经在厂五十年，他还看见李鸿章来参观过，作工的经验不消说是很好的了。他两人现正合做一架大机器模型，这机器约有两丈多长，是铁路上用的，模型用木材照样造成，放在一个很大的铁箱里面，周围用土筑紧，铁箱分上下两层，可以取动。筑完之后，将上面的铁箱取开，把木模型取出，重复将铁箱盖上，翻成一个泥模，再倒入熔化的铁汁，便铸成机器了。

翻砂大概的方法，虽然几句话可以说明，但是做起来，却很不容易。我们今天只是帮他铲铲泥土，他不要我们筑。因为筑的松紧，关系很大，若是松了，把木型取出后，必至溃散，若是紧了，铁中所含的一种气体，不能发舒，也要爆裂，所以我们只好袖手旁观了。

四月二十一日

今日仍从两老者作工。用力的时间，不过两点钟，玩的时间，竟占六点钟。

每星期熔铁两次，今天正值熔铁之期。下午炉内铁熔，工人用铁杆将炉门拨开，有红水一股，奔流而出，火花四射，眼为生眩，用巨铁桶接着。这红水便是已经熔化的铁了。一桶既满，炉门复闭。起重机提至模型侧，缓缓注入型内，待铁冷后取出，便得一铸成机器。

当倒铁时，我立十步外观看，已觉热不可支。那照料倒铁的人，我真佩服他能受这大热。

四月二十二日

今晨颇冷，我入厂时，着衣过单，被冷风一吹，只是发战，很想得点用力工作，劳动劳动，借以驱除寒气。惟事偏不来，迟之又久，二老工要用泥，努力铲了几十撮，顿觉周身暖和。

晚餐后闲步到新来作工同学四十余人住处。他们住的房子，比我们的宏大整洁。寝室在二层楼上；楼外有一极大的露台。地势既高，举目一望，四山景色，尽收入眼底，暑夜纳凉佳地也。

四月二十三日

今日工头又将我与王君良翰，另换和一法国工人作工。这工人年只三十几岁，名惹尔维，性极活泼，好谈话。我有所问，彼滔滔解说不倦。没有人和他说话时，则唱歌自乐。

惹尔维所作的工，是一个大齿轮的模型，工作也很繁复，齿轮的齿，不能同时筑，须将轮边筑好后，一瓣一瓣的拿来安放。我今天帮他提了很多的土，又帮他筑模。筑模先用人力，后用汽锤。这汽锤的力量很大，我拿在手中，周身的筋肉都在抖动，刚筑完一周，已经汗流遍体。但我仍努力的筑完了，方才放下。

我作工的时候，忽有书记给我一小函，拆开看见上面写着我有两封挂号信，存办事处，叫亲自持条去取。我遂向工头告了假，到我们头一天来交涉工作的那个地方，将这小信交与保管信件的人，他很详细的盘问我的姓名，又要我的护照观看，审的确了，才把信交与我。

这两封信都来自上海，有一封信内附着一张七千六百多佛郎的汇票，是蔡衡武先生汇给我和刘、范、蔡、梅四君分用的。诸同学见我们有款到，多以为我们必转学校读书，不再作工了，殊知我们的心中，却另是一种打算。

后来的四十几位同学，今天开始进厂作工，学机械的有两个，学锉工的十个，学木工的两个。学制模的最多，有二十八个。

各部分学徒，最初多只是学习或试验，于工厂毫无补益，只有学制模的，虽然也是同一的不会做，但如搬泥筑土等事，是不必学而可能的，比较还稍得用，所以工厂很喜欢招制模的学徒。

同我在一厂学锉工的同学，他们作工的地方，是在工厂内所附设工人学校的一间大教室内。这屋内当窗放着十六架小机器，中间安两长排绘图桌，上午有教员来教一点钟的机械制图，作工时间，特别有个工头在旁指点。初学的时候，工头每人给一块方铁，叫把这锉平。等到手锉匀净后，又叫锉两把尺子。尺子这东西很不容易锉平。学过理工的人，就晓得三年难锉一把好尺子。能够把尺子锉来用得，才开始作东西。

四月二十四日

今天惹尔维令我试做齿轮的齿型，这齿型是雕在一个宽长不过八寸的木框里面。像这种模子，称为心模，因为他是制来放在大模子里面的。我初筑的第一个，过紧了不合用。第二个又松了，一出模便溃散。第三个虽合用，但是取木型的时候，触坏了一点，修补很不容易。我今天只做成两个，王君做成十几个。

翻砂这项工作，普通听去，以为是很粗的工作，实在却非常细致。

我还嫌我性情粗莽，不配做呢。

作工所用小工具，如泥刀、尺子、钉锤等，均须自备。我们六人，今天合开了一张单子，请本场主任代购。

四月二十五日

今日为星期。以前读书时，日处安逸中，不知星期之可乐，今日乃真知星期休息之乐。

我素习晚起，饮食也很少，自作工后，食量大增，早起已成习惯。下午公园中游人极众，无不衣履鲜洁，举动阔绰，假使不注意他那一双粗黑的手，未有能知他就是昨日工厂中蓬首垢面的工人。树荫之下，妇挽其夫，并肩同坐，娓娓笑语。美丽的小孩，环绕着他们玩跳，这真是一幅极乐图。

四月二十六日

今天作齿型十二个，翻筑方法，已略知一点。

工厂定例，每月十一号与二十六号发工资。所以今天作工的人，分外高兴，我们只作了一星期的工，并且是作试验，故没有工资。发工资的地方，仿如车站买票处、银行付款处一样。一条长柜上面，用铁网拦成若干格，每格开一小孔，作付款之用。从一十起到一百止，共计十格。凡来领款的，如数目为五十以上，六十以下，便在六十的付款口领取。领款须凭工资单，无单不付。这个工厂发工资的地方很多，单是我经过的路，已经见着三所了。

连日工作，已经上路，起居饮食，也有定时，因把每日工读时间表拟定出来。

上午五时	起床
五时半到六时半	读书
六时半后	吃咖啡，入厂
	（由宿舍到厂须走一刻钟路）

七时至十一时半	作工
十一时半至十二时半	午餐
十二时半至一时	阅书
下午一时	入厂
一时半至五时	作工
五时至六时	晚餐
六时半到九时	读书
九时半后	睡眠

统计每日作工八点钟，读书五点钟，睡眠七点钟。其实认真研究学问，每日读书的时间，并不在多。果能做到心不外驰，读一点钟，可比别人读三点钟和四点钟。一天读五点钟的书，已经是很多很多的了。

古人如沈麟士之织帘，六祖之磕米，都是借作工来把性子磨坚定，由这里面去证悟大道，我很有取他这种精神。

友人约我在法经营商业，我写信去问石甫舅父，今天接着复书，乃数这种组织之不当，结题谓"我望你还是潜心工学的好，急欲出头做事，是自戕也"。我看到这里，为之悚然。

四月二十七日

今日仍筑齿型，下午进工厂时，书记给我一张本厂做工执照。

法国工人作工之懒，真为意想所不及。无论何时，试举目望，总有一半人在吸烟或聚谈或闲立。学徒更懒，常见其设法相戏。他们每天虽说作八点钟工，实际不过只作五点钟和六点钟。回想起国内工人之终日劳作，其勤真不可及。

工人无不嗜酒。他们每天进厂，人人都带得有一瓶红葡萄酒，一块面包，和点干菜。作工得了一半的时间，就拿出来吃。回家吃午饭晚饭时，更少不了酒。晚饭后到咖啡馆去找几个朋友谈天，又要吃一两杯。这种红酒，在此地卖一个佛郎六十生的一大瓶。我计算他们每天吃酒的用费，比食宿的用费相差不多。有人说法国人所得的钱，大半消耗在酒坛子里面。这句话真不错。

工人除好酒外，又好吸烟。烟酒这两种东西，都是他们的生命。他们口中常常都含起一支烟卷，间断的时候很少。有时没了，向我们索取。我朋友有携得有的，给他一根，他非常感谢，待我们格外的亲热。在圣夏门这个地方，要买烟很不容易，须得警察署吸烟的执照，商店方肯售给。但虽有执照，也有买不出的时候。因为外国烟不能输入（海关盘查很严，我初抵马赛时，关上人问我们带得有纸烟没有，答以没有，然后放行），本国的出产有限，大有供不应求之势，我们寄宿舍里面，食堂内附设得有买酒处，门房附近，有一间小屋，专售烟卷，每星期有一批烟运到，当天立刻卖完，去买的时候，若没寄宿舍的执照，他还不卖。

法国成年以上的工人，每天的费用，至少非十五佛郎不够，就是这烟酒两项消耗品太占多了。

四月二十八日

今晨惹尔维命我筑一轮轴模型，第一次因松紧不匀，毁了另筑，第二次我用力太猛，及筑成，惹尔维以铁签插眼，签曲不得入，惹尔维谓这个又太紧，仍用不得，因为铁中含得有一种气体，模子过紧，必被阻碍，不能发散，常留气泡于所铸物内，能使所铸造之物，归于无用。我又毁了另筑，第三次，仅得一半，时间已到，留待明日续完。

四月二十九日

下午，始将昨日所筑轮轴模型完工，惹尔维谓虽不甚好，勉强可用。

连日天气甚热，厂中尤为干燥，遍地都是泥沙，大风过处，砂即腾起，着于面上，为汗水所粘凝，偶一拂拭，其状越怪丑可笑，鼻为灰砂室塞，呼吸因之迫促，时时仰面嘘气以自苏，口时苦渴，吸冷水稍觉清爽，下工时仿如初出监狱之囚犯，觉天地异色，形状很是憔悴。

我非不知劳动力为自己对人类应尽之一种义务，劳动为良心上平安的生活，劳动是愉快的事业，对于劳动而生痛苦观念，是很可耻的事，但是现在这种劳动，完全是替别人做事，拿劳力卖钱，不是自动自主的劳动，若认为安，则是现在的劳工运动，可以无须乎有了。

我对于我现在的做工，是抱定下开的四个条件去做：

一、养成劳动的习惯，

二、把性磨定，把身练劲，

三、达求学的一种方法，

四、实地考察法国劳动真象。

我只在这四个条件里面去求劳动的愉快，解眼前的烦恼，更进的事，就非我现在所知了。

我的朋友中，有很多的人，因从根本上认劳动为自己对人类应尽这种义务，劳动为良心上平安的生活，劳动是愉快的事业，于是对于现在的作工，不认为达某种目的之方法，而认为这种精神，实实可敬。但我实际考察他们的行事，并不见他们对于这工作发生什么愉快的感想，反时刻都在愁闷里面过日子，即如作工时，数数看钟，或不满意于现在所做的工作，便是不想劳动的表示，岂不是言行不能相符么？更有因工作不如意而咒骂教育会办事人的，这种人认识不清，依赖根性未脱，忘却自己人格，更不足道。我所抱的四个条件，他们虽然会批评说不彻底，在我却真实得很大的受用。

四月三十日

今日将昨筑轮轴模型，修整光洁，修整功夫，非常细致，所谓灵巧的翻砂工人，就是娴熟此事的。模既整好，又用一种黑色混合物涂布其上，用火烘干，便算完工了。

惹尔维将所作齿轮图样送我看，我反复的瞧，莫明奇妙，惹尔维及王君详细指示，略解一半。凡制造机器，先于制图制成图样；当用木之部分，付木工场制造；当铸造之部分，付制模场制造；当锻炼之部分，付锻炼场锻炼。各部分将物作成后，移之细工工场，用手工或机器打磨切削成适当之形，最后始在配合工厂配成机器。

制图第一步为设计，拟定制造物之形式，说明制造之方法，并算出其尺码，此事非有经验之工程师不能胜任。第二步由制图员依照设计所定式样尺码，制成工作图，分配于各部工场，制图员多为中等以上学校学生充当，凡完全之工人，必须懂数学能认图。翻砂因木模多已做好，不知图，尚无大碍；若木工、锉工、车工，则离图即不能做。以前我听得人说欲为一完全工人至少须当三年学徒，今以此事证之，三年果不为多也。

我所在的这翻砂工场，里面的工作，大致可以分为六项：

（一）是制造大件机器模型的，取卸转移，纯用起重机。

（二）是制造小件机器模型的，模型积小，仅凭人力，可以翻转。

（三）是制造大小型模型里面的心模的。

（四）为专司熔铁的工人。

（五）为搬石运土的散工。

（六）为机器铸出后，打磨砂土的工人。

我们现在是跟着制造大模型的工人学习，间或也学做一两件心模。

上午巴黎又有同学二十人来这个地方作工。

午后接华法教育会通告，谓五月一号，为工人大纪念日（八点钟工制实行纪念日），各国工人，这天都要一起罢工，举行一种极大的示威运动。法国尤为激烈（去年五月一号巴黎工人因罢工与军队冲突死伤数百人）。望在厂诸同学，当与外人一致行动，不可故为立异，致生恶感。又罢工时，常有若干无知识的工人，于中暴动，或对外国人加以侮辱，我们同学当这天，总以少出外为好。

夜间同学公议明日一致罢工。

五月一日

我们要研究法国的社会运动，今天正是一个实验的好机会，诸同学没人肯到工厂里面去看看真象，我便一人奋勇独往。经过街上时，见满街都是工人，三个一簇，五个一团，交头议论，不像要去作工的样子。

工厂门首，站的人尤多。这般人都是看风色行事的，若是进去的人多，他们也就跟着进去了。有武装警察持枪守门。我见仍有工人进去，也就跟着入内。里面作工的人，较之往日，不过减少三分之一。我看了很是诧异，问惹尔维为何不罢工，他倒还问我何以要罢工。多数的工人，都只知道工会号召罢工，便是那罢工的人也不知道罢工的所以然，不过晓得这灾举动，于他的本身有益罢了。

今日不作工的，多是年富力强入了工会的工人。至于年老技精的工人，和生活较难的工人，十九都照常上工。

我由今天的情形看起来，觉得法国大多数工人的智识，真是不足。我们以前由书报所闻法国如火如荼的社会运动，必有许多不实不尽的地方。经这一事，引起我无限的新研究趣味。

早上作工时，工头和工场主任，都来问我的同学，今日何以不作工。我含糊答应，他们面上，现一种不快的样子，下午我也不再去了。

公园附近，午后有工会会员在彼演说，此外并无何种表示。

五月二日

今天又值星期，此处无多游玩地，上下午都在公园内看书阅报。

圣夏门人造丝工厂内，有华工十余人，多江浙籍，性皆纯善，且知书识字，不类普通华工。彼等来法最久者约六年，余均两三年。工资日可得十七八佛郎，无有过二十佛郎者。今晚有五人来坐谈，彼既力表亲善之意，我等对之，也很尊重。惟五人中有一奉天人，貌颇狡猾，他劝我们不吃工厂内的食，说价钱既贵，味又不好。他愿意来帮我们做中国饭，同学某君，当时婉言回绝了他。

五月三日

今日入厂只作了半点钟工，就有书记来唤我们到招工处，说有话告诉。我们听了，面面相觑，以为必是为前日罢工的事，要开除我们了，及至到了招工处，会着管理员，才晓得是为警察署报名的事。原来法国的定章，凡外国到境内何地居留在十五日以上，即应向警察署报名。我们来这里，已经二十日，尚未报名，警察署昨来察问，所以嘱我们快去将这事办妥，手续很简单，不过是将自己的履历只诵一遍，另去三佛郎三十生的手续费，得一张居留执照。

同学多素习于养尊处优，作了这几天工，手上伤痕累累，我以为这不过是皮肤之伤，只要手生茧皮，就不怕痛了。

前星期所作齿型一百个，今日安放轮模上，竟差半寸，不能合缝，于是前功尽弃，损失约千佛郎左右。此事非我之错，亦非原型工人之错（原型工人，即作模子者），当怪工程师计算时粗忽所致。

熔解之铁，注入模中，凝固时均收缩少许，故原型当留收缩之余地，应将其寸法稍放大。又凡一机器，都分为若干件铸造，铸成之后，必使各部分能适当配合，此等事皆工程师负责。吁，一技之难有如此。

报载巴黎五月一日罢工，工人与军队冲突，死伤数人，维骚动远不及去年之甚。

五月四日

锉工同学，今日得发薪单，每人每日工资为十四佛郎十五生的。我们的发薪单，虽没有得，但是惹尔维已告诉我们是十四个佛郎一天。我心中有点怀疑，何以我们作的工，比他们劳苦，工资反为减少呢，但是转念一想，我现在所作的工，实在值不到这十四佛郎。法国学徒，在上三年的，每日工资，只有七佛郎，不过另外得的奖励费，有时还超过正项工资一两倍。我入厂的时候，已是出乎意外，还有什么不足呢。我们工厂给薪的办法，是照各人技能的优劣来定，识技能最好的工人，每点钟不过三个佛郎五十生的，一天合计约有三十佛郎。普通工人，都只在二十佛郎左右。但除了正项工资外，还有一种奖励费，看各人的勤情和成绩来定。惹尔维的正项工资只有十七佛郎，然而他十三天的工价，竟得四百佛郎，那多的便是奖励费了。这种奖励费，是很可以鼓励工人勤奋作工的。工厂里面最苦的，要算散工（就是要用苦力推车运土的），得资最少的，也要算散工。法国工人当散工的，要想得上三十佛郎一天，那就很不容易了。在我附近运土的几个散工，每天都只有十四佛郎，由这些地方，还可见仍有重智轻力色彩。

阿尔及尔人、黑人完全是作散工，每天只有十一个佛郎的工资，比照起来，工厂对于我们，要算是非常优待了。

同学王君，谓以前作了七八个月的工，工厂也换了三个，从没有见如此优遇的。第一次所进的厂，每天只有五佛郎。第二次所进的厂，工资更少，只有三佛郎五十生的，极力的刻苦节俭，才够伙食。半个月五个人合买五个佛郎的牛肉共餐，算是用得很多了。第三次所进的工厂，待遇虽还好，然而没有这样大的规模，工作非常累人，他给薪的办法，是论货点工，比如作一件东西，是两个佛郎，作两个就给你四个佛郎，若作坏了，一个钱都没有。翻砂做的东西，要铸出来，才能分出好坏，有许多法国学徒，见着工头将他做得不好的东西，捶碎或抛弃，忍不住只是流泪，哪能像这个工厂的学徒，这样快活呢。

我最初觅工的时候，因为以前没有作过工，一点技能也没有，听说散工专是用力，在初作工的时候，得的工资比较其他的工作为多，所以我很想得到散工位置。我将此事同一个进克勤校工所的朋友商量，他急劝我作学徒，并且要作锉工的学徒，因为锉工在最初的时候，工资固然较作其他的工为多，但是以后很不容易望加，工作也极劳苦。他们初进克勤校工厂时候，学徒只有五佛郎一日，散工有十二佛郎，如今学徒已增至十五佛郎，散工仍是十二佛郎，即此就是个好比例。至于要学锉工的原故，一则锉工以后的用处大，二则工作也容易找，工资且较其他工作为优，我如今亲来作工，才证明他这话真是阅历有得之言。

五月五日

学锉工的同学，现在每天早晨又加上一点钟的法文，合计一天上两点钟的课，作六点钟的工，一切优遇，完全和工业实业学校相似，这真是自有勤工学生以来，稀有的遭际，内中有两位同学，对于以工求学方法，以前很抱怀疑，然而现在也承认是很可能的事了。

我今天和王刘诸君谈起学锉工同学法文的进步，因有换工之意。我并不是嫌翻砂工苦，羡慕他们的工资多，所以要换工，实在是见着这种方便求学的机会，有点心动。

五月六日

今日由王君拟一信上制模工场主任，要求二事：

（一）能否与学锉工同学一律上课。

（二）如上课时间，往返不便，则请改学锉工。

同学邓武君，今日自纳河舍来，传述彼间作工情形，非常劳苦。邓君所进工厂，为化工厂，所作之工，为推小车背麻袋等事，工资只有十三佛郎，麻袋装牛骨，每只重约百斤，虽力不胜任，亦须勉强负荷，彼间原有同学二三十人，因不能耐此苦，纷纷回巴黎。邓君系往承其乏，匪持安之无怨言，且已积数百佛郎，将欠账还清。吾因此证明凡事本无难易苦乐，所谓难易苦乐，皆各人主观认识之不同耳。

吾辈立志来勤工俭学时，即已决心和困苦奋斗，今日所受，并不甚苦，纵令为苦，也应努力将他打破，像这种畏难而退，甚且还要怨恨以为受了倡导人的哄骗的，真是把勤工俭学四个字污辱了。

五月七日

上午工场主任语我等，谓昨接你们的信后，我就写信通知办事处，由办事处询问学校可否收容，现已得复，说两地相隔太远，往返很不方便，至于你们要求的第二项，那是无有不可的，不过我替你们想，贵国将来需要翻砂的用处，较其他部分为多，而且这翻砂又是锉工里面的根本工作，我希望你们再学几个月，稍会了解之后，再更换其他工作。你们若以为现在帮助旁的工人作工，只是做笨重劳力的事，没有学到技能，那我可以叫你们一个人单独做小模子，只要把小模子学会，将来便可自己做大模子了。

我们听他这话，说得很委婉切要，也就不固执初见了。我现在正筑齿型，没有完工，所以不及换；王君因以前学过，不欲换；李、刘、范、梅四位今月齐换作小模。

五月八日

未到作工时间，不能工作。我今晨先了三分钟动手，有几个法国人就上来干涉我，因为这虽是勤快，却把规矩破坏了。

汽筒未鸣以前，厂中非常寂静，工人四散谈笑；汽筒一鸣，各项机器，立刻转动，隆隆之声，耳为之聋。我以为这工厂和一架机器一样，放汽筒便像开发条，机器把发条拨开，立刻运转，工厂把汽筒一放，也就动作起来了。便是我们每日所过的生活，有时也和机器一样。

五月九日

今日是星期，上午到公园内看书。现在已是暮春天气，那温和的日光，非常可爱，众花渐次开放，绿树却已成荫。树丛下坐着无数的游人，或穆然静想，领略天地自然之美；或二三友朋，促膝谈心；或一对情人，喁喁情话。更有许多青年女子，穿着很艳丽的衣服，各人提着一个花篮，篮内放着纪念徽章（公园内开一妇孺救济会），来往兜售。小儿多随着大人跳跃歌唱，他们都充满了一种极甜美的愉快，把人世所有的烦闷愁苦，齐抛在九霄云外。树上的小鸟，也不住飞鸣，表示他的快乐，我坐在一条石凳上，默默的领受这种美景，呀！这岂不是天国么？

下午游人尤多，百戏杂陈，我反觉得有点烦热，不及那种清凉有味。男子多以鸡毛系花针，遥掷女子以为笑乐。

同学有在咖啡馆内听说明日法国有全国一致大罢工消息，这次罢工，向政府要求何事，尚不得而知。

五月十日

昨日虽听说今天有罢工消息，因为这是传闻之辞，恐怕不很的确，今晨仍然照常入厂。走在街上，觉情形与往日大异，军警持枪守路口，马队往来游行，市面顿现一种肃杀的气象，工厂门首，驻兵尤多，工人多聚集观望，欲进而又不进，司令者恐发生危险，令马队冲散，马队过处，有十分之八工人趁势入厂上工。

下午几乎全体上工，因为今天要发工资单，明天领款。我们工厂在这两天内，恐怕没有十分之一的人罢工，别的工厂确实今上午就没有人作工了。

这次罢工的原因，是总工会要求政府将铁路矿山种种事业，由资本家手里，收归国有，号召全国工人一致罢工，作极大的示威运动，必定要得了一种结果，然后才可望停止。

某工人谓工会对于这次罢工，已准备有十四日救济会，凡罢工工人均可领取必要的生活费，所以这次罢工的日期，至少总在十四日以上。

法国有两个工会，一个叫做社会党（Parti Socialist），一个叫做工会（Confederation Generate de ctrarail），这两党的目的，全是在谋工人的利益，想打破现在的阶级制度，造成一个平等的社会。两党目的，虽是大概相同，然而他进行的方法却不同，所以他的名称以及党员会员也不同。社会党是一个政党，他的方法是要由社会党得了政权，拿国家的权力改革社会的组织，故着手注重选举议员。工会才是一个真正的工党，他说明了不要政权，不争选举，代议方法，就是在组织工会，多收会员，使工人人人都晓得团结，改良他物质同精神的生活。

工会的组织，各地有分会，各省有联合会，一国有总会，现在的干事有力量的为茹吾君（L.You houx）。工会里面，又分激烈和平两派，那激烈派很表同情于俄国波尔雪微克主义，和平派以为社会改革，不是暴力强迫可以成功的，并且不赞成在这大战过后，民生凋敝的时候，行这革命的事，所以两派常有冲突的时候。听说这次的罢工，纯是激烈派的主动。

前日蔡先生汇给我们的七千六百余佛郎，我们现在工厂作工，每月所得，足敷用度，实无需用的必要，放在手边，反容易扯花销了。若说拿这笔钱再进学校去补习法文呢，就我的经验，学校补习，与工厂补习，不过三与二之比，相差无多。并且我们才开始作工，也不想遽然舍弃，听说伦敦的师友，境况很是窘迫，我们遂决定将这笔款转汇去接济他们。五日前接着师友复书，说我们现在也要作工，不受这笔款，望我们留作将来的学费。

讲到进学校，我们已进天然的社会学校了，若是定要抱取几本讲义，在讲堂上鬼混几点钟，然后为学，那么在中国日本都很好研究，不必远来法国了。我说这几句，并不是反对人不当进学校，就是我以后也要进学校，是说吾人当求活学活智，不可注重文凭，专读死书。

我又以为一定要作三年工，然后才将所积的款，读两年书，这是理想的事，因为钱在手边，容易花销，即令保得住，而各时的生活情形不同，第一年所积的款，以为可够一年学费，到第二年物价增高，恐怕还不够半年。并且这种求学方法，也太呆板，所以我主张稍积款只要能支半年用费，就读书，用完了又作工，不必拘泥于三年之后。

我们对于这笔款的处置，讨论了很久，竟想出一个很好的法子来。同学熊路青、蔡清宽二人，想到美国勤工俭学，因为困于经济，不能成行，如今这笔款，我们五人分了，各人所得有限，补益很少，若是合起来，就可以帮助他两人赴美，岂不是件快事吗？我们当即决定，通知他两人。他两人最初只推辞，以为我们现在作工，他怎好拿取我们的钱去读书。后来我们说明了，不是帮助你们到美，是望你们在美国替我们立一个勤工俭学的根基，以后我们也有赴美留学的机会的。他们听了，方才应允，日内即准备动身。我们今后，只要有一技一能可以谋生，直可以世界为家了。

（原载《少年世界》第一卷第十一期，一九二〇年十一月一日）

在法千余勤工学生之境况[1]

（一九二二年一月三日）

我们都是同在一条路上走的人。我们的生命，就是奋斗。我们当各自努力，开拓我们的生命。十月十五号以后，维持费即停发，陈箓峻拒不理，惟印出一种归国请愿书，通知同学，有愿回国者，可至领馆报名。十月二十三日，教育部来一电，谓国务会议已通过，年补助勤工学生十万元，以两年为限。陈箓接此电后，以无款汇来为词，搁置不理。吴稚晖初则谓与里昂勤工生有约，后各位归国，彼对于所提办法，即不负责实现。经第三者代表与同学代表严词诘责，吴又改口谓彼现在只能设法筹三十万佛郎，维持六个月，六个月后，绝不能再有补助。同学因目前生命危迫，立承认其说，请吴即刻将款付出。不意吴又谓此款须待章行严先生由德转法，承认筹募，然后由章商请陈箓垫款。至吴个人则绝不来此已半月。幸新有一百工位，一人作工，三人吃饭，其苦况可想而知。以后如何解决，尚不能预定也。我想你们抵国，可以商量将教育部允助勤工生的款，划一部分津贴你们以后读书。我盼望你莫要回乡，我更反对你就出去做事，我想你的法文，已很有根柢，希望你暂时在震旦或其他法文学校安身，继续设法外出。若飞十月二十九日自法发。

（选自《归国俭学团之前途》,《新闻报》一九二二年一月三日）

---

[1] 题目为编者所加。

今年五一的苏联

（一九二五年四月二十六日）

五一纪念是全世界工人要求八小时工作日的纪念日，是全世界无产阶级团结向资本主义制度定期的警告。这个纪念日在欧战前和欧战中虽曾被第二国际的一班工人阶级的叛徒加上了不少的污点，他们赞助本国资产阶级的帝国主义侵略政策和加重工人阶级的剥削，他们破坏了工人国际的联合，破坏了已经取得的八小时工作制，但是到了俄国革命后重新赋与这五一纪念以革命的意义。每年这日全世界的无产阶级不仅向资产阶级表示他们国际的团结力，并表示他们这种力量逐年的增长，迟早总要推翻帝国主义的统治，实现全世界无产阶级的革命。这种向资产阶级定期的威吓，尤以苏联在国际上威望之增高，使得全世界的资产阶级更十分战凛恐怖。

苏联经济的恢复，政治的巩固，生产力的提高，工人生活的进步，是很明显的告诉全世界工人得到解放应走之路，是促进世界工人团结奋斗的保证。无论在何帝国主义的强国内，他们均不能解决其资本主义所具的矛盾。美国的现金固然充满了国家银行的金库，成为世界唯一的债权国，但他方面却减少了债务国对于他的购买力，使得他的生产不能不大大的衰落。英国的失业问题始终没有得着具体的解决，法国财政的恐慌是继续不断，他们天天在过苦恼的日子。反观无产阶级的国家——苏联，他经过了七年的战争，不断的受帝国主义军事的干涉和经济的封锁，他并没有得到任何资本主义国家的助力，单凭他自己的力量已经战胜了一切反革命的压迫和（物资）缺乏的恐慌，他的经济的恢复和生产有秩序的发展，是资本主义国家所万难追及的。

以财政问题为例，法国不断倚赖英美的援助，终不能稳定佛郎的价格，而苏联的卢布价格十分巩固，卢布流通数量之增加亦可想见商品流通的扩大。一九二二年三月间卢布流通总数约七千五百万，至一九二四年一月增至二万万，今年已增至七万五千万。一九二二年至一九二三年交易所商品流通总数值一十三万万，一九二三年至一九二四年值十九万万，一九二四年至一九二五年值二十五万万左右。这些数字均足表示苏联经济恢复之速与国基之巩固。

国际帝国主义对于这无产阶级的国家当然是他生死的对头，要用尽种种方法来毁灭他。但是现在均不能不承认他的权力，不能不承认他的存在了。帝国主义者之承认苏联，是不是他们赞同无产阶级的独裁制度呢？或许是不是他们一种善意呢？当然不是的。他们之承认，一方面是受他本国工人阶级之催动，一方面实是为要救济他本国的经济恐慌，不得不如此。他们想得苏联的面包，苏联的石油，苏联的木材以及苏联广大的消费市场去救济他本国的生产恐慌，解决他本国的失业问题。英国，意国，法国，日本是相继承认了，美国在形式上虽还在干硬，但实际上早已通用了俄国的"切罗纲子"（俄币名），可知经济上不能不有希求于苏联。至于其他被压迫的小国和被侵害的殖民地半殖民地国家，都早已正式的或非正式的承认苏联为他们解放运动的救星，齐集于苏联红旗之下向帝国主义对抗。

各国资本家用尽种种方法，去欺骗他本国的工人，使之仇视苏联。但是工人们将他们在本国所受的痛苦与苏联工人生活的进步一相比较，便会觉察资产阶级的欺骗，便会很勇敢地去与苏联工人及各国工人联合，促进世界无产阶级的革命。

帝国主义者又极力妨害殖民地半殖民地人民与苏联的亲近。他们常常造作许多谣言，以"过激""赤化"等名词加于这些国家的国民革命运动者身上，使这些国家的民众观望不前；但是民众终会看出他们的欺骗，比如他们在中国所曾做过的许多卑劣的宣传，中国的民众试将中俄协定俄国所退还中国的权利，与各帝国主义国家天天进攻的事实，如金佛郎案等一相比较，谁是我们的友谁是我们的敌，便不是他空口的宣传所能哄过了。

自从俄国革命七年以来，于每年的五一日均赋以新的意义，表示他在世界革命路程中权力的增长。今年的五一纪念形势，最为严重，帝国主义对于这日将感觉如何的战凛不安啊！

（原载《向导周报》第一一二期，一九二五年四月二十六日）

在枪杀中国工人中日本帝国主义者
对于上海市民之威吓

（一九二四年五月二十四日）

在外国政府统治下的上海人民，已经与亡国奴无异。说话不自由，行动不自由，开会不自由，处处都受着外人枪尖铁棍的监视。最近上海日商内外棉纱厂日本人无故拒绝工人做工，工人与之理论，他们遂拿取铁棍乱打，纵以手枪轰击，杀死工人顾正红，重伤轻伤不计其数，致激成七千多纱厂工人的罢工，这是一件何等重大的事变，然而上海的中国人们，多噤口不敢过问这个问题。我们试一细察日本帝国主义者在此事件中所施的威吓伎俩，是非常凶恶险狠的。

第一，在日本人枪杀工人后，又向工部局调遣大队巡捕到场弹压，向被杀伤的群众示威，并捕去工人多名。

第二，日本总领事矢田立即通知中国官厅，要求取缔工人行动，若中国官厅无力应付，将自行派兵来华镇压。

第三，遣人警告上海各中国报纸，不许登载有利于工人的消息或宣传，倘不遵守，即将以封闭及逐出租界等事为对付，以致各报皆不敢尽情披露日本人在此事变中之野蛮横暴行为。

在日本帝国主义者这样严重的威吓下，遂使此次惨杀的呼声不能充分传入人们的耳鼓。上海的新闻记者和上海的商人对于此事的态度是："我们知道日本帝国主义者非常可恶，但我们是没有办法。"两句话实可表现饱经帝国主义威吓的小资产阶级怯懦心理。你们竟真无办法么？你们竟永远甘受帝国主义的摧残和奴视么？你们不想解除这颈上的锁链么？如若不然，应该赶速起来援助工人的奋斗，应该施用各种可能的方法——如抵制日货募款援助等——去抵抗日本帝国主义者的凶暴。你们应该知道这件事变不是单独发生的，而是日本帝国主义对中国民众新进攻的许多动作中间的一件。

上海市民对日外交协会各团体已成立日人惨杀同胞雪耻会，学生联合会及文治大学、南方大学、上海大学学生均已奋起募捐演讲为罢工工人后盾，是很应该的。但是若使工人的后援仅止于学生界及少数团体，则大资产阶级，士绅阶级，和新闻记者之漠视民族斗争的冷血态度，不仅为劳苦群众所仇恨，凡有血气者将莫不冷齿而鄙视之！

这次罢工工人所处的政治，经济环境虽十分艰难，然而他们奋斗的勇气却非常之高，于此可见中国工人阶级在反帝国主义的民族革命战争中确实是这个革命的先锋队，全中国的工人和农人应一致维持这次罢工，领导中国民族革命的国民党应对于这种反对帝国主义压迫的罢工有具体的实际的援助！

（原载《向导周报》第一一六期，一九二四年五月二十四日）

单独对英问题

（一九二五年八月六日）

自五卅惨变以来，北京学生不断地派出代表来豫宣传，表面虽可说是爱国行为，而究其宣传内容：如"缩小战线""专对英国"等口号，实含有日本帝国主义奸细及亲日安福军阀奸细之嫌疑！如非奸细亦属思想昏乱、认识错误之流，将在此次全国反对帝国主义运动中，引导民众走上错道！因此，我们不能不详细揭破其阴谋，指出其错误，使彼之宣传不在河南发生不良影响。

五卅惨案的凶手，沙面屠杀的凶手，是英帝国主义，这是谁也认识的。但五卅惨案的来源，是由于日本资本家无故枪杀工人顾正红而起！五卅以后，日本军队也同着英国军警不断的在虹口、小沙渡、潭子湾一带残杀中国人民！不仅日本是中国民众的敌人，便是一切帝国主义的国家，谁又能置身事外呢？美国商团在新世界、杨树浦所枪杀的中国人，在五十以外还多，过于英巡捕房在南京路屠杀的数目！法国兵舰在广州也帮同英国军舰向徒手游行的群众开枪！各帝国主义联合统治中国的机关——外交团，是一致的，认上海工部局开枪，不能算行凶，却是正当防卫！六国共同派赴上海的委员，并没有那个单独的正式否认，他不是与英日协作的，日本外长声明："日本决不背弃英国为不德义之行为，决始终与列国协调进行，美国亦断不致采单独行动！"美国新任驻华公使宣言："美国对华政策，亦决与列国采协调态度！"法国新近驱逐我留法之爱国学生出境，其报纸并说中国人反对西方文明，趋于野蛮之扰乱与暴动。

自从五卅惨案发生，激起全中国民众的大反抗运动后，各帝国主义者始终是联合一致向我们被压迫的民众进攻的；他们很清楚，倘若是容让中国的工人把日本资本家战胜了，则英国在华的资本家也不能原样的任意剥削中国工人，容让中国的民众真正把英国的租界收回了，英国的领事裁判权取消了，则日本、美国、法国，亦要同样的被逼着归还！所以这次惨杀的正凶虽是英日两个帝国主义，但中国民众的反帝国主义运动，却关连着全个帝国主义！各国在中国的统治地位，无论中国民众只是宣言反日一个帝国主义，而实际他们是拆不开的，必然的要取联合一致的行动。试看自五卅以来，外交团何曾有过单独主张"正谊""公道"的行动？

自然我们近来常常听见"中日亲善"，"日本问题单独解决"，"美国对于此事决意置身事外"，"美国有主张取消领事裁判权之动议"等外国人的宣传，仿佛像日美真将不与英国取一致压迫中国的民族革命运动，但试一观察实际：日美已撤退了他的军舰了么？已放弃了他在中国的特权了么？新任驻华美公使的话，就是最好的证例："美国是很盼望中国收回领事裁判权，但必须中国内政统一、司法改善之后，再协同各国进行。"从此我们可知所谓"中日亲善"，"美国主张公道"等皆不过是强盗内伙争分掠夺物的一种方略！几个强盗共同打劫一个人家，遇着这家主人惊醒起来了，其中的几个便高声说："某是强盗，某是强盗！"于是这家主人便专对付这个强盗，让其余的强盗饱卷以去，倘若这家主人不受这些强盗的欺骗，那么，这些强盗必联合起来对抗这家主人，是一定无疑的。强盗的利益，根本就同主人的利益不能相容，因此，我们也根本不能讲暂时只对付某一个强盗，放松某一个强盗。北京代表所主张的"减少敌人的理由"，我们并非不想如此，惜乎，事实上这些敌人他一点也不肯对我们放松，我们何能自欺欺人的替他解释？若非丧心病狂必是奸细作用！

我们要反对帝国主义，便不能不损及任何帝国主义国家在中国的权威，便不能不招他们的联合压迫我们取胜的对付方法，不再自欺欺人的认敌作友，而在真正认识我们的友人是谁，去和他联合起来，我们的友人是谁呢？诸位试一读英法大文学家萧伯纳、巴比塞等五百余万人，所组织国际革命者救济会，打来助我们的电报上，说得非常清楚：五百万组织在国际革命者救济会里的白种的劳动知识阶级及工人，既在和你们同声反抗白种资本家及帝国主义的土匪，对于和平的工人及学生之屠杀，我们白种的工人及劳动的知识阶级，和剥削劳动者的人绝对不是同样的！这一般剥削者，压迫你们的民族，同时也压迫我们的阶级。只有我们两方面共同的斗争，能保障我们，能争得自由，那时亚洲的平民才看得见欧洲、美洲、非洲、澳洲的劳动者是自己的兄弟！我们对于上海烈士的家属父母妻子，敬表深切之同情，我们愿意与以实力的援助，愿使死者不为枉然的牺牲！愿意我们中国的弟兄，幸而还保存着自己生命的，知道隔着几万里的海洋几万重的山岳，有几千百万的劳动者和工人对于他们抱着深切的同情，准备着为他们的自由而奋斗至死呢！你们的仇敌就是我们的仇敌！你们的胜利，也就是我们的胜利。中国民族的解放万岁！各国黄白黑种民族之工人及劳动的知识阶级之大联合万岁！（未完）

（原载《雷火》第八期，一九二五年八月六日）

在现时内忧外患交迫之下
河南国民军应取的政策

（一九二五年九月一日）

什么是国民军？国民军是怎样产生出来的？

我们看见每个国民军兵士的肩上，都写着（不扰民，真爱民，誓死救国）十字；可知它是企图为人民的利益而奋斗的，是不愿同于其他军阀的军队的，是要努力站在人民一方面作工的。国民军名词之出现，始于去岁直奉战争时，得胡孙等军队之对吴倒戈；反对战争，号召和平，出北方人民于水深火热之中，风声所播，举国响应，从此国民军遂取得民众之同情，成为民众之卫队。

自国民军在北方出现后，于是在国民军范围下之各地的国民革命运动，均得到比较自由发展的机会；而国民军亦赖民众之同情援助，才能抵抗帝国主义与反动军阀互相勾结之进攻。

虽然，国民军现时对内的一切措施，是否能满足人民的要求呢？特别是在农村中，我们见到占全人口大多数的农民对于国民军中，是多怀怨望的。国民军现时最大的敌人，除互相勾结的帝国主义与奉系军阀外，其一便是农民。

为什么会发生这种现象？

事实并不难理解。第一：因为国民军之存在和发展，是帝国主义之死敌，是奉系军阀自由发展之障碍，当然这两种反动势力，一定要互相勾结起来压迫国民军；因此迫使国民军为抵抗这个反动势力的进攻，不得不加重人民一点负担。第二：从整个的国民军说，是趋向国民革命，为人民利益而奋斗的；但在他们各小部分中，难免不有少数不觉悟的反动分子，发生扰民之事。遂影响给民众一个不好的观感。

然而这些现象，并不是很意外的，没有方法可以解决的。孙中山先生在广东组织革命政府时，大多数农民也会不断发出反对苛捐杂税的呼声；革命政府下面的革命军队，也曾做了不少的革命的罪恶；但是经中山先生及他所领导的国民党，努力宣传之结果，说明革命政府之责任，与现时所处之地位，说明苛捐杂税是一时的，是不得已的，卒能引起东江战事农民对于政府热诚之赞助。对于革命军中所包含的反革命分子，也能逐渐的淘汰，洗清民众的观感。这些□制，都是国民军可以法则的。

说到国民军对外的政策，我们盼望国民三军，始终联合一致立在国民革命旗帜之下，与帝国主义和反动的军阀奋斗。自从五卅以来，全国政局的形势，是英日美帝国主义联合援助最反动的奉系军阀，向全国民族运动的民众及国民军进攻。国民军处于这种严重压迫之下，从战略步骤上说，与直系暂时妥协，先除最反动的军阀（根据各报所载与公山会议消息），我们并不反对。惟联合一过了相当程度，不特失去国民军在政治上独立的地位，并将失去社会民众的同情，这是我们盼望国民军将领十分考虑的。

总之，国民军现时对内的政策，应做一番努力宣传的工作；并积极赞助民众的一切合理要求，以期取得民众的拥护。对外政策，国民三军应联合一致的立在国民革命旗帜之下，与帝国主义和军阀奋斗。我们当立在这观点上，号召一切的民众前来赞助国民军。

（原载《中州评论》第一期，一九二五年九月一日）

反奉战争的性质

（一九二五年十一月十二日）

反奉运动是全国民众争自由的运动。

直系动兵不过是全国反奉大潮中之一个波动。

民众应该站在反奉运动之主体的地位。

此次由江浙而牵动全局的反奉战争，从表面看去，固然是两派军阀抢地盘的争斗，仿佛与我们穷苦的小百姓无干。然而实际这次战争的性质，并不如此简单。现时中国最有力的反动军阀，是张作霖。他受英日帝国主义者援助，尽力压迫全国的爱国运动。自其掌握政权以来，种种卖国丧权、摧残人民自由的事实，笔不胜书。全国民众欲求得到解放，必先打翻他第一个最有力的仇敌。因此各地反奉的空气，非常紧张，而直系恰于此时动兵，其动机虽属争夺地盘，而所打出旗帜，不得不染点国民运动的色彩，表示这个战争，是受民众之推动而出的。试看吴佩孚、孙传芳等的通电，便可证明。故反奉战争，并不仅是军阀间循环报复的战争，实是全国民众争自由的战争。直系动兵，不过是全国反奉大潮中之一个波动。民众应该站在反奉运动之主体的地位，去领导这个战争，决不可让这个战争，成为纯粹军阀间的争斗。只有现时民众积极的参加这个战争，才纯使这个战争革命的意义，更为鲜明；才纯在这个战争中，树立民众政治上的势力；才能在扫荡奉系势力之后，杜绝别派军阀的代兴。全国民众在这次战争中的目的是：从争取一切集会、结社、言论、出版、罢工的自由，一直达到召集真正代表人民的国民会议，建立革命统一的民主政府，宣布废除一切不平等条约。

（原载《中州评论》第七期，一九二五年十一月十二日）

异哉警察厅之所谓赤化

（一九二五年十一月十二日）

前天各报上都满载着警察厅的布告。大略说：禁止赤化宣传，早已三令五申。乃前日竟有署名共产党之宣言，在开封发现。警士等未能预为防范，实属溺职，着分别记过示惩，并悬赏缉查共产党机关等语。

记者当日亦在街上接得此项宣言一份，细读其中所云，完全是剖析此次国内战争的性质。指出张作霖为目前中国民众自由的最大仇敌，他勾结英日帝国主义压灭了全国自五卅以来的爱国运动；并企图扫除在北方障碍其自由发展的国民军；因此民众应该努力团结，援助国民军，打倒他最大的仇人。共产党号召一切工人农人学生兵士都来参加这个反奉战争，使这个战争成为解放民众的战争。这个宣言是十分有利于国民军的宣言，然而警察厅竟指此为宣传赤化，不特加以禁止，且企图搜捕共产党机关，因此使我们发生以下的疑问：

一、国民军素来标榜是为民众利益而奋斗的国民革命军队，然则对于压迫民众的仇人奉张，是不是应该起来讨灭他？

二、倘若反对奉系军阀是正当的，而且是国民军必须如此作的，为什么反诬宣传此种主张者为赤化，将课以罪名，究竟赤化二字是作何解释？

三、共产党是工人阶级的党。倘若我们不否认工人阶级同样的是人，同样的得享受一切民主的自由，我们怎能禁止其有政治上的要求，政党的组织？

四、国民军在名义上，处处欲自别于其他军阀之军队，表示其是国民革命的军队。胡为反发生此妨碍民众自由的行为，使民众视国民军又与奉张直吴有何分别？

在帝国主义者及其走狗——军阀眼中，认一切革命的运动，都是赤化，都是共产党的捣乱。因此他们说广东政府是共产政府；说五卅运动是共产党挑动。我们倘若相信我们仇敌的话，便会要陷落在反革命方面去。

共产主义并不是什么均财主义，共妻主义；共产党并不是一些专好捣乱的分子。他只是认清社会发展的历程，站稳他的阶级观点，找到现时的工作。在他们一切的宣传点中，我们并没有发现他们鼓吹中国马上可以实行共产的话，而只是努力切合眼前民众需要的民族解放运动。我们用不着耽心，用不着害怕，他正是我们革命中有力的队伍。只有帝国主义者和军阀，才会在共产主义的面前发抖啊！

（原载《中州评论》第七期，一九二五年十一月十二日）

未来的吴佩孚

（一九二五年十一月十二日）

我们已经说过，反奉运动，是全国民众的运动，是全国民众争自由的运动。但是在这个战争中，又含有直系军阀势力的参加，是不是他也是革命的呢？我们知道，直系军阀参加这次战争，完全是为争夺地盘。惟以同时受民众的推动，不得不染点国民运动的色彩，藉以取得民众的势力。我们现时为先解决更反动的军阀张作霖计，固不反对直系参加此次战争，且可给彼以多少援助。但同时我们要知道，直系终竟要成为民众自由的仇敌。

试读吴初到汉口的外交宣言，将来反动的口吻，已活跃纸上。该宣言云："此次统率联军讨贼，系为谋我国统一起见，纯属内政范围，对于有约各友邦从前所订之通商条约，及已经解决之成案，必特加以尊重。其在我联军范围以内各省侨居外人之生命财产，必一律切实保护。"这个宣言表示出什么意义呢？很明显的是吴佩孚一上台，便向帝国主义者大吊其膀子，极力表示恭顺忠实的奴隶态度。说明这次战事，不涉及外交，对于帝国主义者在华所得的种种特权，决不敢有所变更，洋大人在华的生命安全，更当加意保证。

谁也知道，中国现时的贫穷和扰乱，都是帝国主义者政治经济侵略之结果。帝国主义者之能任意压迫榨取，又全恃有不平等条约为之护符。故欲谋中国之独立解放，须先废除一切不平等条约。

在吴佩孚的宣言中，既竭诚表示对于不平等条约之拥护，则他日必为帝国主义者假以屠杀中国民众的刽子手，可以断言。故民众在此次反奉战争中，更不可不积极参加，努力争取自己的自由。要在现时争取得一切民主的自由，在将来方可抵御另一派军阀的复兴。我们更当警告吴佩孚，倘若他们梦想恢复其从前的军事专制，则张作霖现在的结果，便是他将来的榜样。

（原载《中州评论》第七期，一九二五年十一月十二日）

战争前途的预言

（一九二五年十一月二十五日）

反奉战争是民众争自由的战争，是绝对不能妥协的。

当以民众的力量，督促反奉战争一直到底。

欢迎妥协，是苟安心理；鼓吹妥协，更是反革命的行为。

自从奉军由徐州失败后，战争的局面，显然有很大的变化。第一是吴佩孚已经失去了他在这次战争中领袖的地位；第二是张作霖变更战略，将军力集中津保一带，对付国民军，把冲突的中心，移在国民军一方面来。

这个发动，有很重大的意义，是表示战争性质更与民众争自由的运动接近，因为国民军的政策，是多立在人民方面□□的。

吴佩孚失去领导这场战争的地位，并不是很奇怪的事。我们知道，当战事发动之后，孙传芳、萧耀南所以极力欢迎吴佩孚出山，不过以其名望可以号召反奉的各种武力，可以收得民众的信仰，可以向帝国主义进行借款。但自吴到汉口通电发出后，最重要的国民军部分，并不受其指挥，民众亦不表示欢迎，孙传芳亦未赖其丝毫帮助便破了徐州，萧耀南反因其未来湖北的地位不保，与帝国主义进行的借款，又不十分有望，自然使孙萧此时皆不拥吴，而吴之地位遂直落下去。

张作霖变更战略，舍直系而以主力对付国民军的用意，亦至明了。盖彼已预定国民军之不稳，纵令胜直，而消耗太大，战线太长，终必为国民军所乘；若为直所败，更无归路，故遂决意放弃徐州、济南，集中军力以对付国民军。但终因新败之余，军心动摇，且直省奉军，多属新募直系旧部，不甚可恃，遂使跋扈一时之张作霖，不能不忍气吞声，一再退让。于是国民军遂不战而得保大，得山东，张冯妥协对吴之空气，更喧腾一时。

一般盲目企求和平的人，在现时的幻象中，莫不兴高采烈，以为战争可免，和平可望。究竟这个妥协是不是能成功呢？民众对于这个妥协，应取什么态度呢？

我们可以坚决地回答，这个妥协，是绝对不能成功的。民众对于这个妥协，应该坚决地反对。

现在先说这个妥协所以不能成功的原因：第一，是张作霖的军力，现在尚无重大的损失，而德州、天津、热河等地，为奉军的生存发展计，亦绝对不能轻易放弃。冯玉祥为保障其胜利的安全，又必须尽逐奉军出关，所以冲突仍然存在。第二，冯玉祥之所以能得民众同情，全由其行动反奉，今若与奉张妥协，必授吴以出兵号召的口实。故冯将不肯出此，而不过是暂时的利用机会，更增长自己的实力，以为打倒张作霖更打倒吴佩孚的准备。第二，非特张冯间不能妥协，我们更应该知道，帝国主义者亦绝不允许这次战争妥协，因为他们把冯玉祥国民军，认为是接近民众接近反帝国主义的苏俄的武力，假使国民军得势，必给帝国主义者以更大的打击，所以他们必尽量帮助张作霖打冯玉祥，这是毫无疑义的。

至于民众对于这个妥协的宣传，更应该极力反对，即令有可能的□□，亦不让其成功。其原因，第一是民众对于这次战争，是把他看作为民众争自由的战争，不是一种很简单的军阀争地盘的战争，民众要求在这次战争中，去掉中国一个最反动的军阀，去掉一个帝国主义最有力的走狗，使中国国民革命的发展，和民众在政治上的要求，向前推进一步。第二，对于军阀战争，不是和平非战的运动，可以消灭的，只有战争可以消灭战争，只有努力改变军阀的战争，成革命民众争自由战争。这个改变是可能的，因为现时中国政治上的情形，一方面是帝国主义积极的压迫，一方面是国民革命运动积极的发展。这使得中国的武力，一部分仍属于帝国主义收买的爪牙，一部分则颇有接近民众的趋势。民众的责任，必须依照孙中山先生所指示的方法，努力使这部分接近民众的武力，与民众结合，去向帝国主义的势力进攻。这就是我们参加战争，援助国民军的目的。第三，民众只有积极参加战争，努力使接近民众的武力与民众结合，才能改变军阀战争的性质，或民众争自由战争的性质，才能在战争中树立起民众组织的努力，才能在战争后有民众发言地位，民众此时才可以作有力的要求。我们要召集真正人民代表的国民会议，我们要由国民会议产生国民政府。此国民政府必须是对内能打倒军阀，谋全国的统一；对外能废除一切不平等条约，谋国际的平等，并能保护人民一切集会、结社、言论、出版、罢工之自由。

从上面的分析，所以我们对于现时喧腾一时和平妥协空气，不应视为乐观，因为那是苟安的心理，那是不想积极促进革命的心理。若果是进一步的鼓吹妥协，则完全是反革命的行为。每个忠实于国民革命的人，均应扫除此种错误思想，努力利用现时的机会，去宣传民众，组织民众，使武力与民众结合，改变军阀的战争，或民众争自由的战争，督促国民军的将领，向革命的道上走去。

（原载《中州评论》第八期，一九二五年十一月二十五日）

胜利的国民军将怎样做

（一九二五年十二月十二日）

将努力为国民革命的军队乎？

抑仍做争夺地盘的军阀乎？

国民军胜利了。打胜了张作霖后的国民军将怎样做呢？这实是横在国民军面前，马上要开步走的问题，也是民众试验国民军是否国民革命的军队一个重要的关头。

现在有两条路，可供国民军选择：一条就是努力走上国民革命的道上，实现革命民众的政权；一条就是走上军阀的道上，只知争夺权利地盘。国民军将何去何从呢？

孙中山先生在去年直奉战争时，曾明白向反直的军人们说："帝国主义所援助之军阀，虽怀挟其武力统一之梦想，而其失败终为不能免之事。"盖"帝国主义之援助，终不敌国民之觉悟，帝国主义惟能乘国民之未觉悟以得志于一时，卒之未有不为国民革命所屈服者"。"凡武力与帝国主义结合无不败，与民众结合以速国民革命之进行者，无不胜；今日以后，当开一国民革命之新时代，使武力与帝国主义结合之现象，永绝迹于国内，其代之而兴之现象，第一步使武力与国民结合，第二步使武力为国民之武力。"

胜利的国民军，应该深记孙中山先生这个教训。国民革命假使不愿再蹈过去军阀的覆辙，假使真有为民众争自由的决心，假使真愿为国民革命的军队，当不只在言词上，而要在实际政治的设施上，即明白表示出他革命的态度。

一、从速召集真正人民职业团体的国民会议，由国民会议产生国民政府。

二、充分给予人民一切言论、集会、结社、出版、罢工之自由。

三、对外宣布废除一切不平等条约，宣布无条件关税自主。

只有如此，才能使民众相信国民军真正是革命的，若此次战争，仅为地盘之争，则国民军之胜利，不过军阀势力之消长变乱相循，仍无已时。凡是违反民众利益之军阀，未有不遭失败者，张作霖之前车不远，愿国民军慎之。

（原载《中州评论》第九期，一九二五年十二月十二日）

告国民军及河南人民

（一九二五年十二月十二日）

这几年来，河南人民所受天灾人祸，土匪溃兵，重捐杂税的苦，也算很够了。从赵倜到吴佩孚这些军阀，不知搜括了河南人几千百万的金钱，断送河南的几千几万子弟；为什么河南的土匪这样的多，这不是军阀战争的厚赐吗？为什么河南人民的生活这样苦，不也是军阀暴敛的结果吗？

自从去冬真爱民、不扰民、誓死救国的国民军来到河南，河南人民莫不延颈企踵的希望国民军，能救他们出水火而登□席。但是事实是怎样？恐怕比以前的情形还更坏，想是每个坦白诚实的国民军，也不能否认的吧。以河南一省之大，竟养活二十万大军，安得不加捐加税，重苦人民。但是一年以来，河南人民对于这样重负总算是含辛茹苦的忍受了。

河南人民为什么愿意忍受这种痛苦？因为他们知道在中国还有更反动的军阀张作霖，他是帝国主义者用以压迫中国民众最凶的走狗，他压灭了一切爱国运动，封闭了一切爱国机关，只有国民军是愿意立在人民方面，与张作霖奋斗的；人民为抵抗他最大的仇人张作霖，当然要援助国民军，要含辛茹苦的承受起一切负担。

现在国民军胜利了！胜利后的国民军对于河南民众的痛苦，将怎样解决呢？倘若他们现在不能减轻一点河南人民的负担，或者在事实上不能表现他真是为谋人民的自由，为谋国家独立而奋斗的军队，则一定要失去民众的同情和信仰，要使民众不赞助他，要使民众把国民军仍看同别的军阀一样。万目睽睽所指示的国民军，你们将如何以满足民众的希望呢？

全于在民众一方面，应得到自由幸福，应该知道自由和幸福是要靠民众自己去争取的。只有民众能够积极的组织起来，才能保护国民军已得的胜利，才能促进国民军走上国民革命的道路。愿国民军努力，愿河南的民众努力！我们谨祝：

武力与民众结合万岁！

革命民众的政权万岁！

（原载《中州评论》第九期，一九二五年十二月十二日）

国民党右派捣乱

（一九二五年十二月十二日）

在国民革命的过程中，因为参加这个革命，有各种经济地位不同的分子，有大商买办阶级，有小商人，有穷苦的工人和农人。虽然他们在打倒军阀，打倒帝国主义，谋中国民族的独立解放口号之下，是一致的。但又各随其经济地位关系，而有不同的目的。大商资产阶级，要求国民革命，是想脱除帝国主义与军阀经济上政治上之束缚，得到自由发展的机会。穷苦的工人农人，要求国民革命，是不仅脱除帝国主义为军阀的压迫，并进而脱去本国资本家地主之压迫。在工人农人对于革命的奋进当中，又反使大商资产阶级，迟回顾忌，反有愿与帝国主义者及军阀妥协，以对付工农阶级的倾向。所以在领导国民革命的党中，分出左派右派，是当然的。而右派分子，又逐渐成为反动派，亦是自然的趋势。

什么是国民党的左派？什么是国民党的右派？什么是国民党的反动派？并不是国民党中的共产党分子，就是左派，非共产党分子，就是右派，左右与反动之分，完全从各个分子的行动上去看，试比照如下：

左派	右派	反动派
一、反对一切帝国主义	反对一派帝国主义但因工农奋进而与帝国主义妥协	勾结帝国主义
二、为革命而赞助工农运动	主张劳资妥协	摧残工农运动
三、为民主政治而反对军阀	为保育政治而反对军阀	勾结军阀
四、联络苏俄与共产党	联络苏俄排斥共产党	反对苏俄与共产党
五、肃清一切反动势力	联络反动势力以抵抗左派	自身即反动势力

从上面的分析，我们看见不必一定是共产党员然后才是左派，每个不与帝国主义为伍，忠实于民族革命的分子，都应该站在左派；另一方面，右派却是很容易堕落到反动派势力上面去，因为他那畏怕工农革命势力，只求与帝国主义军阀妥协的心理，很容易转到勾结帝国主义军阀，摧残工农运动。一年以来，许多老党员，渐渐离开革命，走入反革命道上，便是此理。

自从五卅运动以来，中国工农阶级的势力，既日愈增长；同时右派勾结反动派，走到反动方向的趋势，也愈显明。戴季陶便是一个很好的代表，在他那本小册子《中国国民革命与国民党》中虽然也说了许多不满意反动派的话，然而他的行动，实际上与反动派并无差别。从他的反对广州国民政府，反对共产党员与国民党左派的言论中，从他此次与覃振、石瑛、居正、石青阳等结合，在北京召集中央执行委员会的事件中，皆可见他勾结反动派作反革命运动的行为。

国民党右派，现在已不是革命的势力了，他一天一天的离开了革命的行列了。他的工作除了反对广东政府，反对共产党与国民党左派替帝国主义者张目以外，别无其他行动。他的行为事实已放弃了国民党第一次大会的宣言，及党纲，不成为一个国民党员，只是利用在中国有政治作用的国民党这一块大招牌招摇撞骗而已。

最近当南北革命工作均在吃紧时，右派又与反动派勾结在北京召集所谓中央执行委员会第四次全体委员会，其非法及谋叛行为，可于下之事实中明白看出。

第一，召集会议，应由中央执行委员秘书处通知，而此次由个人名义召集，于手续上实大不合当。

第二，全国代表大会，及中央执行委员会，或全体会议，只能在革命根据地及中央党部所在地之广州举行，已有决议在案，此次竟由少数人决定，在反革命之段政府势力下开会，其有希图破坏国民党之用意，不言可知。

第三，在发起通知开会者之个人中，有覃振、石瑛、居正、石青阳、茅祖权等，彼等并未与北京国民党同志俱乐部脱离关系。查该俱乐部，早经国民党认为反革命与破坏国民党之军阀走狗机关，且有决议在案，彼等既列名同志俱乐部，又未声明脱离关系，当属甘心破坏国民党，而为军阀之走狗无疑。今中央执行委员会全体会议，竟有彼等反革命者列名召集，其内幕更不问可知。

第四，开会不足法定人数，只到了十三人，若更除去已被开会除之覃石居茅等五人，则实际到会者不过八人，一切议决当然无效。

第五，熊克武因通敌被捕，听候审判，彼等竟连电请其赴京，公然违反中央决议及政府命令。

第六，国民党第二次全国大会开会，为期不远，各同志在工作中如有不同意见，亦可在第二次大会发表，以图解决，舍此不图，竟当革命工作均在吃紧之时，站在广州中央最高党部以外，站在国民政府以外，标榜异议，迹近阻挠革命工作，实为全国同志所共弃。

总之，国民党右派，一天一天的要变成反动派，这是无疑的事实，无论"正统派的三民主义信徒戴季陶先生"怎样花言巧语，演说革命，但终不能抹灭事实，终不能抹灭他现在与反动派的勾结，阻挠革命的事实。可耻的《民国日报》的主笔叶楚君，这几天来，不断为右派反革命行为作宣传。须知民众并不是轻易受骗的，每个忠实于民族解放的国民党员，应该积极起来干涉这般右派反革命的行动。

此稿甫完，接北京来信述戴季陶等此次在北京开会情形，非常滑稽，节录如下：

> ……戴季陶等此次在北京集会，一方面排斥所谓共产党及国民党左派；一方面又以彭养光等反动派的国民党同志俱乐部，历史太臭，亦欲避免；于是彭等遂实行绑票办法，派数十人到西山将戴季陶及沈玄庐抢回北京城内，迫以合作，于是戴沈竟无抵抗的被"强奸"了。
>
> 当开会日原订为下午三时，因北京党员反对的空气太利害，恐犯众怒，遂密改为上午八时举行，到会者只有十三人，加上已开除的分子，尚不及法定人数，匆匆将预拟就的议决案读完后，就此闭会。两周以来，一般右派反动分子闹得煞有介事的中央执行委员会第四次会议，真象不过如是。

（原载《中州评论》第九期，一九二五年十二月十二日）

为日本出兵满洲告全国民众[1]

（一九二六年一月八日）

工人们、农人们、学生们，一切被压迫之革命民众们：

郭松龄倒戈时，日本帝国主义者最初扬言不干涉中国内政，其用意是：一，在看郭松龄对日之态度为何，是否能完全的受其指挥，成为代替张作霖之另一新的工具；二，阻止反奉的革命民众之势力侵入东三省。故日本竭力奔走调和，用种种利诱、威胁、阻挠之险恶手段，冀使张郭间将政权和平授受，以维持其在东三省一切之特殊势力。不料郭军前进不已，张作霖节节失利，日本帝国主义者此时手忙足乱，竟不顾一切，明目张胆出兵援助张作霖，于是郭军遂致失败，郭本人亦为所杀。我们由这件事很显然的可以证明：从前我们所说帝国主义者帮助军阀制造内乱，军阀甘心卖国作帝国主义者之走狗为非虚假，同时我们又足证明打倒帝国主义，打倒军阀之必要与刻不容缓。

日本帝国主义者从前尚只暗里帮助军阀，供给金钱、枪弹，与种种军事上之便利，或给以少数军官，或为之测探消息，或设法阻挠敌人前

---

[1] 本文是王若飞为中国共产党豫陕区执行委员会和中国人民共产主义青年团豫陕区执行委员会起草的文告。

进，此次竟公然亲身出马，派兵助战，这是何等严重的露骨侵略形势！日本此种悍然举动，其意义绝不只是帮助张作霖对付郭军，而是直接向全中国之民众进攻，因为这次战争，不是简单的军阀间为争地盘，而是含有解放中国民族前途之重大意义。

日本帝国主义者目下仍向满洲继续增兵不已，其野心昭然若揭，欲乘我内乱，以武力占领东三省，并借张作霖为进一步侵略我内地之工具，一面引诱张逆，以出兵援助为交换，秘密订立亡国条约。日本之险诈狠毒，达于极点，原东三省本是我国领土，此次反奉战争亦纯系我之内政，绝无日本置诸干涉之余地。据日本自述出兵之理由，系根据日俄《朴资茅斯条约》所定，日本可驻一万五千兵于满洲，但去岁中俄协定，苏维埃俄国已将从前帝政时代在中国所取得之一切特权密约全部放弃，日本与俄皇时代所订侵害我国领土与主权之《朴资茅斯条约》，当然根本等于无效。此次日本帝国主义者之横暴举动并确有引起国际战争的可能；因为美国亦早欲插足东三省，连年以来均竭力投资，而日本则想据为独有，美国为保全自己已得之利益和将来之发展计，决难放弃不理，况日美间向来之利益冲突最甚，久有爆发太平洋战争的喧嚷，美国此时尽有可借"正义"、"人道"与日开衅之美名；且日本出兵满洲，对于俄国之领土主权亦将受极大之危害，俄国为自卫起见，更断难坐视；其余英法在中国因各有特殊利益关系，势不能不连带牵入战争漩涡。果尔，则中国之大好山河，一变而为战场，夷为焦土矣！吾同胞之痛苦尚堪设想耶！

现在虽然郭军新败，张作霖在东三省之势力可以一时延续下去，但郭松龄部下之魏益三部尚高揭反张旗帜，誓继郭松龄未竟之志以与张作霖奋斗。日本帝国主义者既出死力帮助张贼于前，这次自然更不能坐视。如此，则反奉战争之前途正未可乐观，此时民众争应督促国民军出兵继续反奉事业；同时民众亦应竭力援助并集合一切反奉势力，直达最后之胜利。此种援助的意义，不仅是打倒卖国贼张作霖，而是直接与帝国主义奋斗，是将东三省从日本帝国主义者手里夺回，是挽救中国北部为日本帝国主义者所吞并，是争取全中国民众之解放与自由。

同胞们，从前张作霖的势力达到直隶、山东、江苏、安徽的时候，他是如何在这些地方帮助日英帝国主义者在压迫爱国运动，惨杀爱国同胞啊！现在日本又出死力帮助他，想恢复他从前已失的地盘，而且想更进一步以武力征服全中国，使全中国都置于日本统治之下，好安然压迫剥削我民众。同胞们，我们要解除目前战争之痛苦，要挽救国家之危亡，唯一出路只有坚决地亲密地团结起来作下列之积极行动：

反对日本出兵满洲荒谬绝伦之无理干涉！

根本解除张作霖及其爪牙之势力！

打倒日本在中国之一切武力和野心！

继续抵制日货与中日经济绝交！

打倒亲日卖国的段祺瑞政府！

人民应有集会结社言论出版之自由！

召集真正人民代表之国民会议！

建立国民革命政府！

中国共产党豫陕区执行委员会

中国共产主义青年团豫陕区执行委员会

一九二六年一月七日

（原载《中州评论》第十期，一九二六年一月八日）

吴佩孚侵豫声中之河南

（一九二六年二月四日）

　　旬日以来，轰动全国的吴佩孚出兵攻豫问题，在沪汉一带，闹得天翻地覆，尤其是汉口发出来的专电，及与直系有关的报纸，更大肆宣传：不日鄂军已占信阳，岳维峻已准备出走，便称河南境内豫卫军蜂起，二军已陷于四面楚歌地位。其实在豫境内部情形，绝不如是紧张，开封郑州市面，尚极安静，不过车站上兵车较往日为多而已。二军将领应付目前局面，亦未至张皇失措地步，截至今日（四号）的消息，信阳尚在二军蒋师手中，并未攻下，吴军自一月二十六至二十八日，血战三昼夜，冲锋十余次，均被击退，死伤三千余人，二军损失甚少。盖信阳城所据地势甚高，前有狮河之险，吴军仰攻形势极不顺利，况吴之图豫，二军远在反奉战争初起时即有准备。在反奉战争中，二军对直对鲁，虽已开出大批的军队，但大部分的精锐，尚留豫中，蒋世杰、杨瑞轩、田生春、李虎臣等队伍，密布郑州信阳一带，即所以防吴之乘机北上，河南现有兵力不下十万，所以吴欲一鼓而下河南，恐为不可能之事。吴佩孚现时之实力，本极有限，真能为吴拼力作战的军队，不过寇英杰部两师多人；陈嘉谟并不能真为吴效死力，盖彼所注意者，在湖北督长一席，幸而胜豫，已不能有所获，不幸而失败，将同归于尽；萧耀南之反吴倾向，更为明显，其原因亦是吴若胜，于己无所获，吴若败则收拾残局者，当大有人在，现于最近发出卸责的通电，可以见其态度。萧陈现均处于吴势方张之时，不得不服从吴之命令，吴在豫之军事行动若失败，则后方必起变化，将从此断绝吴之政治生涯。吴亦深知此种情形，故在过去迟迟不敢发动，现时之所以敢于出动，盖有下列几种原因：

一、奉系军阀张作霖，得日本帝国主义者之全力援助，故能死灰复燃，击败郭松龄军队，并枪杀郭松龄；同时山东方面，初因国民军中吴系军队之倒戈，致二军最精锐之李纪才部全被覆灭；继又赖日人之助张宗昌与李景林能联合固守山东，并图反攻天津，此种情形，使国民军在北方的军事，陷于不甚有利的地位。

二、国民军现在的表现，固然不及广州的国民革命政府，固然有许多不满人意的地方，然而他总是不同于直奉军阀的行事，总是与人民接近的武力，在五卅运动中，在反奉战争中，均能立在人民的利益上去奋斗；在他所属的境内，尚容许民众自由的组织；特别是他最近的政治主张，试看邓宝珊、李仲三等两次通电主张推倒祸国殃民的段政府，依据中山去年宣言召集真正人民职业团体代表的国民会议，组织国民革命政府，完全切合于民众的政治要求，这也就是帝国主义所认为赤化的证据，是帝国主义侵略中国在所必除的势力，是与帝国主义的走狗直奉军阀不能并立的东西；于是遂促成直奉军阀之联合进攻，主要的指挥，完全是日本帝国主义，同时也是得一切帝国主义国家所默许的。

三、有了帝国主义者的援助，促成张吴之声势；吴又阴联豫中土匪，使与内应。吴所放匪首师旅长，不下数十人。据吴的预计，果一动员攻豫，南有寇军入武胜关，西有刘镇华、张治公、吴新田据豫西，东有张宗昌、靳云鹗攻豫东，北有阎锡山出兵娘子关，河南境内又有数十万的土匪骚动，同时直隶方面有张作霖出兵山海关牵制一军，李景林反攻天津牵制二军，东南之孙传芳不能有什么积极动作，吴氏大可一鼓而下河南。

吴佩孚在以上的情形之下，遂取得目前反动势力的领袖地位，假反赤护法的名义，向豫出兵。所谓反赤护法，就是反对国民会议，拥护贿宪。因此我们应该了解这次河南战争的性质：

一是帝国主义的武力向接近民众的武力进攻，是要除灭北方国民革命运动的根芽。

二是吴佩孚、张作霖所号召的反赤护法，实质就是反对民众所要求的国民会议。

三是河南若不守，不仅是国民军的失败，民众的自由国民革命的发展亦将遭受极大的压迫；所以民众对于这次战争，不能坐视旁观，应该积极起来作倒吴运动。

四是张作霖是吴佩孚的积极援助者，故倒吴亦即是反奉，即是反对帝国主义的阴谋。

河南的大部分民众，对于此次战争之挑拨者，很明白的知道是吴佩孚；很明白吴佩孚重行回豫，只有更增加他们的痛苦，是要压迫他们的；所以他们极坚决的反对吴佩孚回豫。特别是有组织的工农学生群众，更进行有系统的反吴工作，河南境内的铁路工人，当然要拼命的去反对"二七"屠杀刽子手。河南现有二十万的农民协会会员，和六万多农民自卫军，已在乡间和吴佩孚奸细奋斗，不让他们扰动国民军的后路。吴佩孚之敢于攻豫，全靠利用河南境内土匪的响应，所谓豫卫军，就是土匪编成，于时号称数万人，其实不过二三百人，不过他可借红枪会名义，欺骗鼓动群众，有时也可以足七万人，但真正的农民群众，是不愿改编成军的，所以群众很快的就自行解散，况加以农民协会在各县之宣传，实能给吴之活动以大打击。

固然，现时河南的战斗，吴佩孚军队进行并不很顺利，河南内部情形亦尚好，不过吴张后面，终竟有帝国主义势力绝大的援助，观于郭松龄将军之功败垂成，不免于死，我们不得不小心的应付。全国的民众，为我们的自由，为争国民会议，应该起来作反吴的运动，以减弱吴佩孚的势力并促使他早归灭亡。

（原载《向导周报》第一四五期，一九二六年二月四日）

英日帝国主义在北方的阴谋与民众之反抗

（一九二六年三月十日）

自上月下旬，河南失守，二军溃败，同时直鲁联军又进至马厂，于是京津震动，国民一军几有被逐出张家口外之势。国民军在北方之失败，决不是一个军阀间势力相消长的问题，而是国民革命在北发展的生死关头。因为国民军比较与民众接近，在国民军政权之下比较容许民众自由，这些地方的民众运动，反帝国主义运动，更较其他地方，容易发展。这也就是英日帝国主义张吴所以结合强有力的联合战线，而必须扑灭国民军的原因。

五卅运动，是民众对于反动势力进攻，自五卅以后至现在，可说是帝国主义反动势力向民众反攻的时期。尤其以现时的形势为最严重。因为帝国主义受了五卅的教训，格外有计划，有组织的来扑灭中国国民革命运动。《字林西报》所发表的英国进攻中国之计划，准备出兵十万，日给军费十五万磅，两年之内平定中国。日本帝国主义在上次援助已经崩坏的张作霖，杀死爱国将军郭松龄等事实中，已完全暴露帝国主义的奸谋，是如何残狠可怕。假使民众方面，反帝国主义的势力，团结不坚固，则必为所摧陷，中国将来到一长期反动的时期。

现在再将帝国主义在最近北方战争中所表现的阴谋，择其显著而重要者，略述如次：

（一）开滦煤矿，为英国资本所有，服役于此煤矿之工人，由唐山至秦皇岛，不下八万。值此冬冷春寒时节，正需煤时期，乃英人忽托言销路不旺，下令停工。另一方面，京奉运输，又正缺煤。英人停工之奸谋，有下数种：A. 破坏国民军之运输；B. 此八万工人，如无工作，必易挑起变乱，张作霖早已派来多人，勾结该地工贼及保安队，预备鼓动失业的群众，组织别动队，扰乱国民军后方。幸经工人烛破其奸，与国民军联合，一致反对，方始作罢。但英国帝国主义者，现仍用尽方法，使工人每月只能作十三四天工，天天计划如何煽起停工或罢工风潮。

（二）京奉路亦为英国资本所有，近亦嗾使其走狗交通系，在工人中，煽动罢工。此项狡谋，亦为铁路工会所烛破，向工人说明，结果只有工头罢工，而工人群众仍照常工作，情形且较平时为好。

（三）天津租界内，遍布李景林军事侦探机关，每处动住七八十人，且携有武装，有多数外人居中指导，日日散布不利于国民军之谣言，夜间则突入中国地界，四处放火，且炸毁北仓铁桥，使一般住民，惊恐万状。

（四）吴佩孚攻豫实力本极有限，当寇军初攻信阳失败时，吴之地位已十分动摇。英帝国主义一方面赶运一万五千支枪至汉助吴；一方面封锁广州海关，威吓广东政府，不能北伐动摇吴佩孚后路。

（五）最近三军失利，李景林率一万五千兵，孤军深入至马厂，国民一军急调六万之众应敌，更由保定别出骑兵袭沧州，断李归路。直鲁农民，闻一军至，均奋起相助，本可覆灭李景林军队，直捣济南。此时滦河方面，一因冰冻，奉军不易进攻；二因奉派内部冲突甚烈，且经郭松龄倒戈后，兵力减少，实力其弱，极难冲动一军防御阵线，所以此时奉系军阀已处于极危险时代。日本帝国主义者，又出其助张倒郭故智，明目张胆的派日本兵舰，引导毕庶澄舰队袭击大沽口，使国民军不能长驱南下，更企图与吴佩孚北上之师接应，四面包围，完全解除国民军在北方之势力。

北方的民众，尤其是京津一带的工人学生，及直鲁的农民，他们在许多事实的教训中，已经认识了帝国主义之凶残阴谋，认识了国民军失败与他们的关系，认识了英日张吴反动势力统治之可怕，所以他们均已积极的起来援助国民军，抵御这个反动势力的进攻。国民党学生会，在"反对卖国的直奉军阀，建立和平，召集国民会议"三口号之下，已唤起一切民众，促冯玉祥出山，继续领导国民军为民众的自由而战。北方的工人农民已完全自动的参加这个战争，如开滦矿工之反对停工，京奉京汉铁路工人之反对罢工，尽力维持交通，直省农民之供给一军粮草及运输之便利，皆是显著的事实。所望全国的民众，尤其是在直奉军阀政权下之民众，勿误认此次战争的性质，仅是几个军阀间的战争，或将来所受的压迫，仅仅是北方民众的压迫；须知国民军在北方失败，则全国均将陷入于长期的恐怖时代，这是中国国民革命的一个生死关头。

　　一切革命的势力，团结起来，抵御这个反动势力的进攻！

　　　　　　（原载《向导周报》第一四六期，一九二六年三月十日）

方本仁的失败

（一九二六年四月三日）

　　方本仁对于江西民众的剥削搜括，也同别的军阀一样，分不出什么高低；他的失败，也同一切军阀的失败一样，私人军队，惟利是图，从前他在蔡承勋的部下推倒蔡承勋，现在又轮着他的部下邓如琢来推倒他了。不过他这次的失败，有值得我们奖勉的地方，就是他是为反对吴佩孚而失败的。吴佩孚是现时中国最反动的军阀头儿，在直奉战争以前，他所造下的罪恶，我们姑且不举，单以他最近到汉口后的措施，如：勾结土匪扰乱河南（所放土匪司令至一百五十人之多），强行军用票及盐斤加价，剥削全省荒旱不能存活的湖北人民，严禁他军队所到地方的一切人民自由运动；倘使他的势力统治了北方，加以英帝国主义的援助，一定使全国陷入于极反动的局面。届时国民革命唯一根据的广州政府，处在反动势力包围之下，一方面是吴佩孚及陈炯明遗孽的进攻，一方面是香港帝国主义之阴谋，亦要发生动摇。吴佩孚已公然宣言，打败国民军收服长江各省后，便可专力对粤；英帝国主义的宣传，亦正竭力促成此计划的实现。故我们应认清现时最反动的势力，是以吴佩孚为领袖的英日张吴的联合战线，他的成功，就是民众的失败；现时凡是参加这一反吴运动的，都具有一点革命的性质，所以方本仁这次的反吴行动，是可以奖勉的。自然方本仁反吴的主观意识，完全是个人权利之争；顶多再加上一点爱乡观念（方鄂人曾云彼之反吴乃救亡省之痛），但亦薄弱得很；不过客观方面，这种行动确能予吴佩孚势力发展以打击，是一种革命的结果，不幸这个希望，现在是失败了。

方本仁失败的原因，第一是自己迟徊观望，不于吴攻河南没下时发动，错过极好机会；国民政府此时不能洞瞩全国政情，促进方的行动，在策略上，亦有错误。第二是国民军在北方总退却，吴佩孚在政治上已取得绝对优势，于是向之愿助方攻鄂以自取江西地盘之邓如琢，自此遂一变而为助吴驱方，方遂不免于失败而离赣。

方本仁是失败了，这样的失败，虽亦是军阀常有的事，惟一个小军阀的崩溃，更增进了吴大军阀的反动势力，政治的反动，民众所受的压迫，更要深进一层，这是我们不可忽视的。报载方部有保存实力，移驻赣西或赣南之说，假使此计划实现，则江西仍潜伏着一部分反吴的力量，虽非革命的军队，而在中国民族革命运动中，是有相当作用的；国民政府必须集合这些反吴的力量于自己旗帜之下，始足以削弱吴佩孚的力量，抵抗反动势力的南侵。

（原载《向导周报》第一四八期，一九二六年四月三日）

奉系军阀统治下的北京

（一九二六年五月一日）

从最近几日各报所载北京传来的消息，给我们以下列诸种印象：

一、强使京民行使不能兑现之直隶流通券及山东军用钞票，以致全城各业罢市。

二、京师四郊人民不胜奉军奸淫抢劫之苦，迁入城中难民数万人，因无屋住，率皆露宿。

三、北京舆论界平常反对帝国主义及奉系军阀最激烈之《京报》社长邵飘萍君，被奉军枪毙；《大陆晚报》记者张鹏被监视；《中美晚报》宋发祥，《世界晚报》成舍吾，均被迫逃走。

四、二十六日晚，军警围北大，不准出入，搜查数小时，尚在严重监视中；拟以赤化嫌疑名义，根本改组北大，尽驱逐一般进步的教员和学生；素号稳健的北大代理校长蒋梦麟，亦已出京。

从上面这些消息，我们试瞑目一想现时北京城中的黑暗反动是如何可怕，一切的住民，此刻均失去其居住言论行动的自由，完全在奉天马贼铁蹄之下讨生活。

自称讨赤救国的张作霖，对于他部下喽啰之奸淫抢劫行为，亦不能曲为辩护，所不能不发出以下之电文：

京师四郊颇有奸淫抢劫之事，俄人尤甚（张所雇佣的白党军队），京城内亦屡出劫案，东安市场复被焚烧，殊觉失望。……年来赤贼盘踞，此次撤退，尚能秩序井然，一尘不染，若我军管理以后，反多扰累，何以对国家，何以服舆论……

呜呼！这就是帝国主义者及张作霖、吴佩孚等所急声宣传的制赤政策之成绩，原来所谓制赤就是反对人民有生命财产、营业居住、言论行动的自由，把共和国民所有的人权剥削尽净；其主张要求此人权者，皆谓之赤，皆在不可宥赦之列，甚至举动稍接近民众或不能完全仰承帝国主义意旨者，亦谓之赤，亦在所必除；故国民军赤化，广东政府赤化，徐谦、邵飘萍赤化，唐生智、蒋梦麟亦被指为赤化；帝国主义者、直奉军阀均在这"制赤"的口号下联合起来，向民众进攻。

全国被压迫的民众们！我们从许多具体的事实，已经认出赤是什么，反赤是什么。北京的反动现象，已有逐渐普及于全国之势，齐燮元在京对中外记者演说直奉妥协的政策是："先扑灭北方之赤化，然后再扑灭广东之赤化，期施行全国之刷新。"其实所谓刷新就是造成全国巩固的反动局面。我们不能恐惧这一赤化名词而放弃了一切的人民权利自由，不能视此现象为北京一隅的现象而是向全国民众进攻的开始。全国的民众，应该起来援助北与市民的安全，援助北京商人的开业；全国舆论界，应该为邵飘萍君之死而力争言论的自由和人权的保障；全国学生界，应为北大被搜检，站在学生的利益上，反对此种摧残教育的行为。一切想得到人民自由权利的人们，均应站在同一联合战线之下，去制止这种所谓反赤的行动！

（原载《向导周报》第一五一期，一九二六年五月一日）

国民军失败后帝国主义者向
中国民众进攻的新战略

（一九二六年五月一日）

历次的内战，并不仅是几个军人权利地盘之争，单是军阀的冲突，是不能持久扩大，是不能抵抗民众革命的力量。军阀战争所需要的饷源与军械，无一非仰给帝国主义者之援助不可，帝国主义者又非结合中国军阀作其爪牙不能统治中国，二者实互相为用。不过军阀终是附属于帝国主义者，帝国主义者有力操纵军阀的命运，有力制造中国的内乱，其实每次的内战，都是表示帝国主义间在华权利不平衡之冲突，也就是一幅世界战争的缩影；不过这个战争，仿如演傀儡戏，由帝国主义者牵线，反正都以中国民众作牺牲罢了。中国若永久不能脱离半殖民地的地位，不能解除帝国主义者在华的一切不平等约束，则帝国主义者天天均有制造中国内乱延长中国内乱的机会。

帝国主义者一方面尽力制造中国的内乱，一方面又感觉这种内争对于他们各个的发展，也不是很有利的，所以他们常常企图得到一个相互间侵略的均势，然而这个企图，终不易有长时期的稳定，这正是表现帝国主义不能有很好的出路，这个冲突是要使得他们的力量削弱，使得革命的势力以乘机发展的。

反奉战争，不仅是表示民众与反动势力之争斗，并显出帝国主义间均势破坏的裂痕，所以在这个战争中，英美帝国主义的走狗吴佩孚也参加在内。反奉战争在郭松龄倒戈时，革命势力达到非常胜利的局面，张作霖准备逃亡，吴佩孚销声汉口，广东国民政府有挟东江战胜余威与国民军会师武汉的形势，帝国主义者无不震惊失措，乃极力弥缝相互间之裂痕，结成英日张吴的联合战线，日本公然出兵满洲，救起已经失败之张作霖，于是政局形势又为之一变。

帝国主义的联合战线既经成功，于是英国资助吴佩孚以一万五千支枪向河南进攻，日本派遣兵舰护翼奉舰由大沽上陆，合力扫除国民军；同时在反帝国主义的联合战线内，却自生破裂，国民军与民众之要求不能十分一致，国民军相互之间时多冲突，乃至各个国民军内部不能统一，尤其是国民第二军，遂授反动势力以可乘之隙，二十八万的国民二军，竟不能守住河南，战斗力甲于全国军队的国民一军，亦不得不退往南口。

国民军从北方总退却后，直奉军阀之目的已达，又回复到双方权利地盘之竞争，北京政权之分配，演出极猛烈的冲突，此委一警备司令，彼委一警备司令；此委一局长，彼亦委一局长，我们若一翻阅国民军退出京后十数日的北京消息，可以看见很滑稽的一幅新升官图；聪明的帝国主义者，到底比他的奴才有见识，他知道国民军虽退南口而实力并未消灭，时时可以威胁北京政府，南方的国民政府休养数月后，一定向北发展，现时的局面尚不能过于乐观，尚不能自己先起冲突。帝国主义的机关报、通讯社等，天天发出警告的消息，努力追求一个均势的形成，以巩固目前的联合战线，这个企图现在终于实现了。他找到一个共同作战的目标是"反赤"，并按照直奉军阀所处的地位及双方利益的分配（当然也是要适合于英日帝国主义间利益的分配），定出一作战的计划。

奉军云集北方，北京政府的势力，大半要落在奉系军阀手内，吴佩孚是无法与争的（除非联合国民军可以抗奉，但这个政策为帝国主义现时所不许）。同时吴佩孚亦不愿更出兵攻国民军为张作霖拓地盘（热察绥纵然可以攻下，从地理上之便利，必不能为吴所有）。于是让张作霖主力对付国民军扫灭北方的"赤"；吴佩孚则向南发展，先逐江西的方本仁，再去湖南的唐生智，除去于己有害且不可靠的势力，南京的孙传芳将来恐亦不免，其最终目的地，则在扫灭广东国民政府。

帝国主义这个作战方略真正高明，既能给中国反帝国主义运动以巨大的打击，又能调协军阀间帝国主义间利益之分配，使各得出路而不相冲突。固然在帝国主义间与军阀间是没有绝对的和平，没有永久的和平，然而最少在现在这一短期内，可以保持相当的协调，这个协调表现在政治上就是极端的反动。我们试一披阅最近"反赤"运动的内容，在北京方面：全城商业罢市，四郊难民不胜奉军之奸淫抢掠纷纷入京，《京报》记者邵飘萍以赤化嫌疑被枪毙，北京九校以赤化嫌疑被搜检，且谋改组，北京的民众完全失去其一切言论行动的自由，失去民主国家人权的保障，俯伏在奉军马蹄下讨生活；在东三省、山东、直隶、河南、湖北等省，苛捐杂税之横征勒索，土匪军队之肆意骚扰，民众组织全被解散，革命分子多被摧残，这是何等恐怖的局面！

南方广东国民政府之发展，与北方接近民众的国民军之存在，是帝国主义及其走狗一个永久的威吓，苏联对于中国"民族平等""主权独立"之尊重，对于中国民族解放运动之同情援助，更处处暴震英日帝国主义者之凶残贪狡，华府会议竭全国民众呼号奔走之力而不能得之于英日……帝国主义者，《中俄协定》竟轻轻得之，《中俄协定》之存在，便无异天天暗示中国民众去比较认识帝国主义者之罪恶；所以帝国主义者对于国民政府国民军在所必除，对于苏联更不惜做到使中俄断绝国交，破坏《中俄协定》，去掉可以激刺中国民众觉悟的良友。

全国被压迫的民众们，我们应从速巩固民众反帝国主义的联合战线，以抵抗这个反动势力的进攻，我们应从事实上去了解"反赤"就是反革命，就是要剥尽我们言论行动自由，要蹂躏我们的人权。每个明白的商人，他总知道奉吴军阀统治的地面下所加于他们的压迫是如何的重；每个公正的新闻记者，他总知道直奉军阀是怎样束缚言论自由，摧丧人权；每个自由思想的学生，他总知道直奉军阀是怎样的摧残教育，厉行反动教育；每个热心的教育家，平日反对学生过问政治，现在他总知道这种反动的政局之下，是否有容你从容诵读之可能；至于贫苦的工农，他们是早就明白这种压迫而站在斗争的最前线了。

唐生智在其最近的表现，是极力输诚国民政府，大反赵恒惕时代之所为，容许国民党在湘公开，不妨害民众团体在湘的活动，这种接近民众的表示，也就是吴佩孚之所谓"赤"，是帝国主义所必剿除的。唐生智守不住湖南，则反动势力立刻包围广东，此时广东政府孤军作战，四面受围，加以香港帝国主义者随时可以进袭，或许不免于陷落。所以现在我们对于吴佩孚之图湘，不应简单的只看作是对付湖南一隅的问题，而是要颠覆国民政府，除灭中国国民革命的根据地；奉军在北方之暴行，不是仅仅对付北方的商人、学生、新闻记者、工人、农民，是要剥尽全国民众的一切自由；所谓"反赤"就是不让人民有自由，有人权，不让被压迫的民族有要求解放的权利。全国的商人、农人、工人、学生、兵士们！都应联合起来，拥护广州的国民政府，拥护北方民众的自由，反对帝国主义宣传"反赤"之欺骗，反对吴大军阀南侵的阴谋，为民众的自由而战，为人权的保障而战，为被压迫民族的解放而战。

（原载《向导周报》第一五一期，一九二六年五月一日）

伤心惨目的北京城
——反赤军努力创造的成绩

（一九二六年五月二十三日）

自从四月初旬以来，北京人民即饱受奉军飞机抛掷炸弹之威吓，延至四月十五日，国民军退出北京后，于是北京市民所恐惧敬远的奉军，硬光顾他们门上来了。首先入城的便是张宗昌部下的白俄骑兵，策马沿街乱跑，令人回想庚子年八国联军破京时景象，不寒而凛。此后奉军入城者日多，而北京之恐怖情形愈不堪问。爰自身所亲历，择要述之：

（一）**形同抢劫之军用票**　奉军入京后，即有大宗不兑现的直省流通券及鲁省军用票杂在市面行使；其最令商家难堪者，为军人购买微少价值之物品而出十元、五元之军用票付价，强令找给多数现洋，使货价损失外尚须赔贴多数现款。有某洋货店某日去一兵士，购值五角之纸烟，掷二十元军用票与之，令找十九元五角之现洋，铺主持票有难色，即挨一耳光，急改容奉承兵士，加赠烟一盒且不受其钱，始得息事。商民在这种情形之下，只好相率闭门，前门外最热闹之街市，已变为荒凉冷落之场。各家门口多贴红黄纸条，或书"本号迁移已空暂停交易"，或书"修理门面暂停营业"；其未曾关门者，所陈列之货件，大半多价值极贱者，又如衣庄只见女衣，鞋庄只见女鞋；一般家人，以周转活动之当铺关闭尤多，当此金融紧迫之际，穷人所感痛苦，当更深切；四城菜市在平日人山人海，现亦非常冷落；各小钱店亦同样闭门，纵身有现金亦无法兑换小角铜元，同时影响到全城十余万黄包车夫皆无生意，游戏场戏园酒饭馆等，多设法关闭。

总之，满城皆现萧条荒凉气象。至四月二十六日，北京总商会虽在张宗昌恫吓之下，勉强承认军用票之流通，令市民照常开市，然人人都知所谓军用票之担保十分靠不住，仍多迟疑观望，虽有开门者，已非复如从前之繁盛现象矣。

（二）**奸淫抢掳之惨状** 奉军抢劫强奸之事，日有所闻，几乎书不胜书，凡道行服装稍入时者每被剥下，稍有抗拒即遭枪杀，陈尸路侧，无人敢问。各校女生多避回家，平日街上往来如梭之姨太太小姐等，固久已不见芳踪。即普通妇女亦几如凤毛麟角之不可多遇，八埠尤物，更迁避不遑。妇女被蹂躏之惨状，有非笔墨所能形容者：有某姓妇途行，为三兵士拥入僻巷轮奸致死，死后复以刺刀戮烂其阴户；又西直门一带大军营集，皆强据民房居住，留下妇女昼为之操作，夜供其快乐，其余人等尽皆驱逐离宅，所有财帛杂物，且不准携带以出，率皆痛哭上道。

（三）**流离载道之四郊难民** 奉军集驻城外者十余万，民房均被占用，奸淫杀掠无所不至，被逐离家之难民皆纷纷入京，其数之多实难胜记，或三五成群，或结连数十百名，莫不彷徨四顾，不知其行止，狼狈之状，非常可怜。记者行经西直门时，见饿倒之老妇及一小孩，因询其逃难之经过，此妇年逾七十，且哭且诉，自云："家住黄村，有二子二女儿一孙，自从上月起即饱受战火的惊险，但还算没有受什么骚扰。即至国民军退后，盼到不打仗了，不料反倒凶起来：每天接连不断的有军士闯入人家，要吃食，要茶水，样样供奉完了，他们又要抢，又要钱，一说没有，便没头没脑的乱打，所有的东西都被搜索尽了，两个媳妇也被他们糟蹋，一个羞愤自杀，一个还被带去不知下落，二个儿子一个已经被杀，只剩下祖母儿孙三人哭啼厮守。当时所以不逃，因为舍不得老屋和几亩麦地，以为再忍耐，避十天八天，总可清静，不料兵们越闹越凶，见我家已无所有，便将耕牛也牵去，埋藏在地下的一点余粮也被搜出拿去变卖，地里的麦也被马吃光。我的第二个儿子为和他们争执又被刺刀戮死，我算是绝了生路，逃难来京，现已二天多没有吃东西了。在我们那儿所受的痛苦，几于家家如是。"

现计各慈善团体先后设难民收容所，不下三十余处，收容人数在三万人以上，每处容留千人数百人不等，斗室之中摩肩接踵而睡，当此入夏闷热，穿棉衣者十之八九，内热与渴气相感，无一处无告病之人，势将发生传染瘟病。然即此疫疠之场，来此尚络绎不绝，盖京畿二十县，几无不遭同样惨劫，各乡村中十室九空，凡在战争区域以内者，房屋均被毁坏，室内蓄粮一粒无存；其不在战争区以内者，牲口及耕牛均被征发，当此下种之期，或者无种可下，或者无耕地之牲口，闻北京大善士有管吃管住之救济所，故均纷纷来京。呜呼！如许多的难民，正不知救灾会诸大善士如何维持也。

（四）**熊希龄痛哭陈词**　当国民军退出北京后，所谓北京元老王士珍、熊希龄、赵尔巽等，组织治安会维持北京秩序；但自奉军入城后任意横行，治安会已失其维持秩序之能力，反而见四郊难民之惨状有不能不急筹维持者，于是遂发生改治安会为救济会之议。当熊希龄在治安会召集各慈善团体代表报告四郊难民惨状时，至沉痛处，不禁泪夺双眶，泣不成声，全场多之黯然。最后有海甸商会会长李某即席报告海甸遭难惨状，据称西宛现未住一兵，因为兵们均乐意占住民房，一切供应，地方之力已竭，当地孕妇有被奸至堕胎伤损者，李言时亦吞声哭泣，涕泪沾襟，合场感动，无不悲愤。熊希龄诸元老当允即日由诸元老致书各军司令，剀切劝其严申军纪，以救民命，众始怆然散会。

（五）**邵飘萍君之死及北京的文字狱**　奉军在北京之暴行，北京各报多惮不敢言，惟《京报》社长邵飘萍尚以深刻讽刺之笔，据实直书，因此大遭奉军首领之忌，欲得而甘心。邵卒被其友人所卖而被捕，判以死刑，于四月二十六日枪毙。其判决令云："《京报》社长邵振青，勾结赤贼，宣传赤化，罪大恶极，实无可恕，着即执行枪决，以昭炯戒，此令。"自此以后，北京报纸愈噤若寒蝉，不敢有所陈述。较激烈的分子，多纷纷逃出北京，奉军愈可为所欲为矣。

自奉军入后，各学校多遭驻兵，学校经费固已不能发给，近且以扑灭赤化之名，搜检各大学，凡较进步的左倾的教员学生，均视为犯有赤化嫌疑，闻被列名通缉者至四百人之多，王怀庆之保安办法，且公然布告："宣传赤化，主张共产，不分首从，一律处死刑。"又有反动派告密引线，所以现时凡平日稍有激进色彩者，均人人自危，如鲁迅等好教授，亦不得不暂时深避。

以上只举一斑，然"反赤军"的"造福"吾民亦可概见了。

（原载《向导周报》第一五四期，一九二六年五月二十三日）

过去的教训[1]

（一九二八年六月二十五日）

现在说到过去失败的责任问题，整个的指导机关都应负责，无论当时表现的或是"左倾"，或是右倾，或是上午"左倾"，下午"右倾"，同样的是没有正确的政治路线，同样的是不懂得。不过独秀同志为总书记，当然他的责任更要负得多一点。同时还要注意的，即历来派到中国的国际代表之幼稚与糊涂，中国同志最迷信国际指导的，过去所以不能忠实执行国际的指导策略，由于国际代表之错误解释与错误应用有严重关系。我们以后的工作要免除旧的机会主义错误，第一是要弄清楚工作的政治路线，因为中国党理论的幼稚，这是要国际切实指导的；第二是要改变过去的绝对集中、上下隔离的组织形式，才能使群众意识反映到指导机关，才能监督指导机关不脱离群众。说起武汉时代指导机关某些负责同志之腐化与清谈误国现象，至今犹为痛心，我们希望它永久成为历史上的陈迹不再复活。

再总括说几句，过去国际所指导我们实行革命联合战线策略（加入

---

[1] 本文节选自王若飞于 1928 年 6 月 25 日中国共产党第六次全国代表大会上，所作的讨论六大政治报告的发言。

国民党政策）是对的，我们在这个政策之下曾获得了伟大的成功。国民党改组后，五卅运动、省港罢工，北伐中各地工农运动之蓬勃发展，都是这政策的效果。坏处就在我们对于中国革命之性质与前途根本不了解，不知道这个政策在革命转变中的应用与改变，所以当革命斗争转变到某一阶段时便露出我们过去的无准备和当前的彷徨，机会主义的缺点一齐爆发。

在批评过去的教训后，附带对独秀同志问题说明几句。在前几天与国际代表同志的谈话中，因为恩来报告独秀同志因病假不能来参加大会的原因和对于国际第九次扩大会的决议案的一点意见，我在恩来同志发言后多补充了几句，于是引起向忠发同志激烈的非难，说我不应该受别人的影响，代表别人说话。甚至我的妻子也这样反对我。这几天来常常有同志来问我：你是否代表陈独秀同志？独秀为何不来参加大会？他为什么说国际牺牲他？是不是他反对国际？我回答说，这些问题我都在大会时声明。第一，我先声明我不是独秀的代表，我不能代表他发表什么政治的意见，我现在所说的话完全是我个人的意见。第二，独秀同志之不来，据我的观察，因在八七前后受到严厉的处置，不许他参加八七会议，十一月扩大会议也不要他参加，只通知他速走，当时俄国党内又是与反对派争论最厉害时候，独秀同志以为国际是决定牺牲他以维持中国党指导机关威信，又不放心他在国内，恐他发表言论发生不好影响，他以为到了国际横竖是无用的人，或者还附加说一个"托洛茨基派"的名号，更辨别不清，所以表示不来，且坚决声明不发表什么政治意见使党内发生影响。此次国际要他来，他又联想到上两次不许他参加会议，联想到维持中国党中央威信问题，以为到莫亦未必能到大会。第三，所谓国际牺牲他的问题，大家不当纯从坏的方面去推想，试想从这几天同志们对于过去武汉中央错误的批评来说，假使没有一个办法怎样能维持以后中央的威信及指导呢？现在我们都知道国际对于独秀同志的希望并不如独秀同志自己所想象的一样，独秀同志知道这种实际情形后，就看他能否接受国际新的政治路线，若果接受，国际自然不拒绝他回党工作，若不接受，当然不客气的要他出去。

（一九二八年六月二十五日）

对　话[1]

（一九三一年十月下旬）

"你是什么人？"

"共产党人。"

"你从哪里来？"

"江西瑞金。"

"是谁派你来的？"

"毛泽东。"

"你来干什么？"

"推翻你们。"

"你们的人在哪里？"

"到处都有。"

"你把他们供出来！"

"比上天也难。"

（载《内蒙古日报》，一九五八年八月二十四日）

---

[1] 这是王若飞于 1931 年 10 月下旬被捕后，和包头伪警察局局长之间进行的一场对话。

最初入狱第一书

（一九三二年一月）

亲爱的舅父：

　　吾幼受舅父教养之恩，未有寸报；孤苦老母，未受我一日之奉养；今日被捕，又劳舅父于风雪残冬远来塞外看视。尤其令我感激的是舅父能了解我，不以寻常儿女话相勉。吾观舅父精神犹如往昔，又知老母及至亲骨肉均各无恙，以后清贫之生活亦尚能维持，使我更无所念。

　　舅父所著书及诗，尚未奉读，他日读后，如有所见，能写信时，自当奉告。吾尝谓舅父思想行动为托尔斯泰伯爵一流人物。托氏身为贵族，然极不满上层社会残暴豪华的生活，十分同情于下层平民被践踏的生活，愿意到平民中去生活并帮助他们。可惜他只有满腔同情心，而没有使劳苦群众得到解放的方法；所以他只能是劳苦群众的好友，而不是革命的领导者。这是我与舅父思想行动分歧的地方，舅父思想，宗教色彩甚浓，我则绝不信宗教。一切宗教哲学的发生都是当时当地社会生活的反映。时代变动，环境变动，这些宗教哲学也必然要随之变动。现在回、耶、佛等教已非复最初的本来面目。我之读宗教书籍，只是为知道当时及现在人们的社会生活怎样在思想上反映出来，我们的哲学，是认为一切东西都是在流动变化着。我们不仅要认识世界，而且是要改造世界。这样的精神，刚与《金刚经》所谓的"一切有为法，如梦幻泡影，如露亦如电，应作如是观"的静的观点相反。以上请舅父恕我狂妄的批评。

我妻现在闽北，干戈遍地，音讯难通。特留数行，请舅父代为保存，将来有机会见面时再交给她。舅父此来，情义已尽。塞外苦寒，不敢久留。舅父回去时，对诸知爱亲友，均请代甥问安。

甥　若飞书

告别李培之[1]

（一九三二年一月）

　　培之，忘掉我！不要为我的牺牲而伤痛，集中精力进行战斗，继续努力完成党的事业……

　　永远跟着党走，要坚持真理，经得起各种各样的考验，要用生命来卫护党的团结，捍卫党的利益……

　　培之，别了，我们在红旗下聚齐，又在红旗下分手。战士们虽然在红旗下倒下，但革命的红旗永远不倒，它随着战士的血迹飘扬四方！这，就是我们的胜利！请你伸出双手，来迎接我们的胜利吧！

---

[1] 本文即王若飞在前面写给舅父的信中提到的，特意留给妻子李培之的那"数行"文字。

最近致表姊婿熊铭青书

（一九三三年一月二十四日）

铭兄：

　　岁尾年头，最易动人怀抱。况我今日处境，更觉百感烦心，念国难之日急，恨己身之蹉跎。冲天有志，奋飞无术，五更转侧，徒唤奈何？虽然楚囚对泣，惟弱者而后如此。至于我辈，只有坚忍以候。个人生命，早置度外。居狱中久，气血渐衰；皮肉虚浮，偶尔擦破，常致溃烂。盖缘长年不见日光，又日为阴湿秽浊所熏染。譬之楠梓豫章之木，置之侧所卑湿之地，亦将腐朽剥蚀也。又冬令天短，云常不开；又兼房为高墙所障，愈显阴黑，终日如在昏幕中，莫能细辨同号者面貌。人间地狱，信非虚语。有人谓矿工生活，是埋了没有死；大狱生活，是死了没有埋。交冬以来，吾日睡十四小时（狱规：晚六时即须就寝，直至翼晨八时天已大明方许坐起），真无殊长眠。当吾初入狱时，见一般老难友对于囚之死者，毫无戚容，反谓"官司打好了"。深诧其无情。后乃知彼等心理皆以为与其活着慢慢受罪，反不如一死爽快也。每月逢七、一日允许囚人亲友来监探视，难友皆戏称此接见曰为"上坟"、"烧纸"，狱囚每月有来"烧纸"者，约三分之一。此辈获亲友银钱之接济，生活自较完全无人"上坟"、"烧纸"者为好。一般完全无人"上坟"者，只有盼望每年狱中例给之三次馒头（平日均食小米，惟元旦、端午、中秋给一餐馒头）。因而患病，是最苦事。吾所居号对面，相距数尺，即为病号，早晚时闻号呼惨痛之声。吾于彼等，不哀其死，而伤其病。虽常给以物质帮助，然鬼而为鬼烧纸，所能分惠亦不多也。

以上琐琐叙述大狱生活，吾兄阅后，或将以为弟居此环境中，将如何哀痛伤苦。其实不然，弟只有忧时之心，一息尚存，终当努力奋斗，现时所受之苦难，早在预计之中，为工作过程所难免，绝不值什么伤痛也。因此弟之精神甚为健康，绝不效贾长沙之痛苦流涕长太息；惟坚忍保持此健康之精神，如将来犹有容我为社会工作之机会，固属万幸，否则亦当求在狱能比较健康而死，弟并无丝毫悲观颓丧之念也。与吾同号者，尚有五人，彼等官司皆在十年以上，时常咨嗟太息，以为难望生出狱门。我尽力慰解彼等，导之有希望，导之识字读书，导之行乐开心（下棋唱歌），一面给彼等以生趣，一面使我每日的生活亦不空虚。当彼等诅咒大狱生活时，我尝滑稽的取笑说："我们是世间上最幸福的人，每天一点事不做，一点心不操，到时候有人来请睡，一睡就是十四点钟；早上有人来请起，饭做好了就请我们吃；上厕所还有人跟随；冬天又烧火炕，难道还不够舒服么？"同时又叙述遭受天灾或兵灾区域难民的痛苦，冰天雪地中沙场战士的生活，我们较之，实已很舒服。自然，任何人都愿在沙场争战而死，不愿享受大狱的舒服，吾之为此言，一面取笑，一面亦示人世间尚有其他痛苦存在，不可只看到自己也。即如吾兄现时之生活想来亦必有许多难处，不过困难内容性质与弟完全不同耳。弟处逆境与普通人不同处，即对于将来前途，非常乐观。这种乐观，并不因个人的生死，或部分的失败，一时的顿挫，而有所动摇。弟现时所最难堪者，为闲与体之日现衰弱，恨不能死于战场耳。每日天将明时，枕上闻军营号声，不禁神魂飞越！嗟乎！吾尚有重跃马于疆场之日乎？

以上为二十三日（即昨日）所书，今晨于放厕时，忽闻可惊之消息，即由军犯口中传出，得之于昨日望彼等之友人所言，云日军已攻下山海关，正进犯热河，傅主席将率三十五军东上作战。

又：前日因闻日军攻下榆关，进犯热河，傅作义主席将率兵东上作战之讯，精神至为兴奋，因想写一信致傅，说明我对抗日战争的工作意见，并对我个人问题有所要求。现此信已写好，将托狱长寄出，特抄在下面，请转给舅父一阅。

弟　若飞

一九三三年一月二十四日

对于中华民族革命的抗日战争工作的意见[1]

（一九三三年一月三十日）

近日由同监军犯传出得之于来看望彼等的友人说：日军已攻下山海关，进犯热河甚急，先生将率三十五军东上御敌。这个消息，可以推见日本帝国主义既占我东三省后，仍积极继续向我进攻，而现政府亦正变改从前完全不抵抗的政策，而走向战争的道上。我在很早就主张中国对日本帝国主义的侵略，应实行坚决的抵抗。我认为中国反对日本帝国主义的侵略的抗日战争，是民族革命的战争，所以我热烈的拥护这个民族革命的抗日战争，并竭尽所能去为这个战争效死。谨将我对于这个战争应取的策略详细写出，以供先生的参考，并向先生有以下要求：立在现时中国民族坚决反对日本帝国主义之侵略压迫的民族革命战争立场上，我与先生并无冲突，所以我希望先生能设法给我以实际参加这战争的机会，让我的血能洒在这伟大的民族革命的抗日战争中，或参加军队赴前线作战，或赴东北热河组织义勇军以及其他各种抗日工作。我不是贪生

---

[1] 本文是王若飞在狱中写给傅作义的一封长信，即前文所提到的"傅作义主席将率兵东上作战之讯，精神至为兴奋，因想写一信致傅，说明我对抗日战争的工作意见，并对我个人问题有所要求"。标题为编者所加。

怕死言不顾行之人，我之参加民族革命的抗日战争，或许不会是完全没有一点用处，我恳切的盼望先生立在中华民族革命战争的利益上，详细考虑我对日抗争工作的意见和个人的要求，我敬候先生英明的回答，祝先生为中华民族革命战争的胜利有所建树。

下面就是我对于中华民族革命的抗日战争工作的意见。

一、日本帝国主义灭亡中国的野心和南京政府不抵抗的错误政策

一年来我未能得读报纸，不知日人占东三省后，国内与国际之实际变化到何程度，然有数事可逆测其必然者，即：

（一）日本帝国主义制造九一八事变，而取得之东三省必将企图永久占领，使之完全从中国分裂出去，且将继续攻取热河，进窥华北，此由其帝国主义之立国策，无论从经济的观点，军事的观点，"反赤"的观点，而知其必然的，坚决的，不退让的，向着这个方向前进。详细理由，先生亦已得知，无庸多述。

（二）另一方面，南京政府无抵抗的诉之国际帝国主义共同联合来宰割弱小民族的机关——国际联盟，请求主持公理，制止暴日侵略的政策，必然不会发生丝毫的效果。

从军犯口中传来片段消息，日军既攻下山海关，进窥热河，先生且将率师赴战，足可证年余以来倚靠国联解决东三省问题已丝毫无结果，日本帝国主义仍本其现定计划进攻，南京政府亦有不得不采取抵抗政策之势。我所不知者，究竟这个抵抗只是限于东北局部的防卫战争，抑或已经完全对日绝交宣战。不过这个问题在别人或许有许多优柔顾虑，视为极严重的问题，因为就中日两个国家军备的实力来比较，中国似觉太弱，而又多不平等条约的束缚，国防尽撤，门户尽开，沿海沿江数万里，

随时随地皆可受敌人炮舰攻入，不免自觉气馁，不敢绝交宣战。在我则认为如果中国对日本帝国主义之侵略不采取抵抗政策，不望此抵抗政策之坚强有力则已；若采取抵抗政策，且望此政策之坚强有力，则不会停顿在长久的局部防卫战上，因为此局部的抵抗若使有力，则日本帝国主义会将从各方面进攻以威骇牵制，以致使战事扩大到全国各地，在我亦只有预先准备做到全国的对日绝交宣战，方能使此抵抗战争更为有效有力。我深感有许多决心反抗日本帝国主义的人们，虽抱有牺牲的决心，愿誓死奋斗到底，可是他们总以为现在中国的国力，是很难有战胜暴日的希望，所以他们一面拼命抗日，一面又对战争的前途觉得悲观无望。因此我要特别说明，我们在这个民族革命的抗日战争中，是有积极的前途，并指出具体行动的策略。

二、敌我军事、政治、经济强点与弱点的分析

一般对抗日战争前途悲观忧虑的人，多是从军事的力量上去估计。自然从军事的力量上，日本帝国主义占有以下优点，为我国所不及，我也不用讳言，这些优点如下：

A. 是军队的构成与作战的能力，十分强大，近代列强各国的军队构成有四个要点：（一）注重火力的强大；（二）是一切动作更求机械化的敏速；（三）是充分发挥航空的效用；（四）是充分利用化学毒气。——外国军队的作战是斗火力、斗机械的技巧，斗化学的神妙，而中国军队是不能尽有这些利器，就是普通的设备，更是十分薄弱。

B. 是军队指挥的绝对统一与调遣供给非常迅速，而我国军阀各自为政。

C. 是日本军队的军官士兵所知的军事知识均远胜于中国军官士兵。

D. 是物质的供给，若不论持久，而就目前说，无疑的日本是好过我们。

E. 由于日本所处的地势与中国缺乏有力的海军、空军，日本是丝毫不顾虑到中国对其本土之袭击；而中国则受不平等条约束缚，门户洞开，随处可受日本炮舰之轰炸。

若只就军事上去比较，只看中日双方的实力，自难免对战争前途发生悲观气馁。但是我们应该知道近代战争的胜败，绝不单是系于军事的实力，而且还系于其他比兵力更重要的政治问题，尤其是反帝国主义的民族革命战争与无产阶级的革命战争，更是如此。日本帝国主义在军事上虽较中国占优势，但在日本帝国主义侵略政策的本身，是含有以下的矛盾弱点，这些矛盾弱点会将日本帝国主义引入坟墓，虽有强大的武力，可使无用，并且这种武力，会将反为革命所利用：

（一）是日本帝国主义对中国的侵略压迫，无疑的要引起中国民众极大的反抗，这种反抗，可以采取军事的经济的……各种方式。这种侵略政策，只会更加激起中国人对日本侵略者仇视与民族革命运动，决不能巩固其占领之统治政权。

（二）是日本帝国主义对中国的侵略，既占东三省又攻热河，进窥华北，无疑的要引起与其他帝国主义巨大利害的冲突，特别是美国帝国主义的冲突，甚至会爆发日美战争，没有人能够说这个帝国主义间的大战，是可以免避的。

（三）是日本帝国主义对华的侵略是需庞大的军费，这种重大的负担，主要是加在日本的工农群众身上，日本的工农群众决不能长久的忍受负担。

（四）是日本国内劳动群众的阶级斗争已经一天比一天的发展，当劳动群众感到更大的更深刻的帝国主义的政策对于他们毫无利益，而由于这个政策所造成的损害牺牲加在他们身上，他们再不能忍受时，将会自己起来变帝国主义战争为国内战争，根本埋葬帝国主义的生命；过去欧战中俄国、德国革命的爆发，便是很好的教训。

从上面所指出日本帝国主义对华侵略政策必然要得出矛盾，可见他现时虽拥有比我优势的强武力，而这种武力是利用工农群众一时的不觉悟而供其牺牲，并不是永久绝对可靠的，随着中国民众之坚决的持久的抵抗，随着帝国主义间利益冲突不可免的战争，随着日本劳动群众对于战争之巨大损害的不满与阶级觉悟之发展，日本工农群众最后必将自己起来推翻其本国地主资产阶级的政权。日本帝国主义今日所倚恃来侵略中国的强大武力，他日会变成埋葬自身的刽子手，这是必然的。日本国内工农阶级的革命运动，在没有帝国主义战争时，已经天天向前发展，而现在对于中国的侵略战争，与可能引起帝国主义间的战争，只是更加促进工农群众阶级觉悟之发展与革命危机之早日成熟。

我们既将敌人的强点与弱点指出后，再就中国方面在抗日的民族革命战争中之革命力量加以分析：

第一是中国有四万万的人民（占全世界人口四分之一），有这样大的国土，有数千年来的经济文化关系，这个民族绝不是可以被人轻易征服的消灭的。我们应该绝对的相信，坚决持久的竭尽种种方法的抵抗是能发出非常伟大的力量。这种伟大的民族革命力量，不仅是用一个日本帝国主义不能制服，就是国际帝国主义的力量也不能消灭这个革命运动。列宁昔日曾特别指出，从人口上中国有四万万，印度有三万万，这样巨大数量的被压迫民族之起来反帝国主义，是非常伟大的革命力量，我们不可自馁。

第二是中国军队在新式武器的利用与供给上给养上，军事的训练上，虽远逊于列强，而士兵本身作战的勇敢与耐劳吃苦，甚且远过于外国兵士。凡是在中国军队中服务过的外国军事专家，都能指出此种长处。中国兵士既有此种长处，而且补充的来源又非常伟大（有四万万人口），由于民族所激发起来的军队的士气又非常兴奋，这种士气，决非帝国主义的军队所能具有。所以我们应该绝对相信我们的军队在新式武器的利用与供给上虽远不及人，而作战者的勇敢与耐劳吃苦以及军队的士气，实远过日本军队，在持久抵抗与义勇军的游击作战中，更将充分的表现出中国军队所具的优点而使我们的敌人难于战胜。

第三是我们应该知道我们的奋斗，我们反帝国主义的民族革命战争，并不是孤立的，有极强大的同盟者，这个同盟者，就是全世界无产阶级的革命运动，和殖民地半殖民地被压迫民族的民族革命运动，因为他们的斗争也是向着反帝国主义进行，特别是日本国内无产阶级的革命运动和高丽反日的民族革命运动，更能给与我们现在抗日的战争以实际的援助。我想现在日本的共产党对于日本帝国主义侵略中国的行动，必然在竭尽全力去反对，要为他们政府所追捕屠杀，而课以谋叛祖国的罪名，他们现在的势力或者还不很大，但必日渐发展起来，我们应该绝对相信这种世界无产阶级革命的力量和殖民地半殖民地被压迫民族的革命运动，是我们最靠得着的同盟者，能给我们的民族革命战争以巨大帮助。他们并不待中国民族之请求才来援助，他们早会自动的努力去做，因为他们认为这是自己应尽的责任。至于希望帝国主义宰割弱小民族的机关——国际联盟——来主持公理，是绝对不可能的幻想。而依赖一个帝国主义国家，比如美国，去反对一个帝国主义国家，也近于前门拒狼、后门进虎，不会有好结果。

三、坚决持久的抗日民族革命战争中的行动策略

我们应该绝对的相信我们有很大的革命力量。我们的斗争，是一定能有积极的前途，而我们敌人现时表面的武力虽是胜过我们，但因其帝国主义侵略政策的本身所包含的矛盾弱点必然要最后将他埋葬，我们在现实艰苦的斗争中，不应有丝毫的气馁与悲观，我们只应当从上面对于敌我力量详细的分析，具体的定出我们现在坚决持久抗日的民族革命战争中的行动策略，最主要的有以下几项：

（一）应该动员全国民众积极起来参加这个反对日本帝国主义侵略

的民族革命战争，发起民众自卫的各种组织，鼓吹并组织义勇军的活动，筹集大批的军需，及对于前线士兵的供给、补充与救护，实行各种有效的经济的军事的对日抵抗方法。应该让民众的这些革命活动有充分的自由，应该相信民族有伟大的自动的革命创造力，应该认定这种反帝的民族革命战争，不独恃军队的作战，只有倚靠在全国民众对于这个战争之自动的积极的参加，才能使这个战争具有强大无比的持久抵抗与不可战胜的势力；而过去政府的政策，正是不信任民众的自动，不信赖群众革命的创造能力，极力限制一切民众的革命活动，以至完全削弱革命的活动力，这是目前一个极严重的问题。

（二）消灭军阀的割据混战，必须变军阀个人的军队为全民族革命的军队，应该特别加紧军队中的政治工作，尽管激发兵士反帝国主义与民族革命的心理，同时又要努力使各种民众团体用各种方式去与兵士发生极亲密的联系，更能鼓励士兵奋勇作战，并容易供给军队士兵的一切必需品。

（三）对于被敌军占领的区域如东三省境内，应该在当地民众中，秘密组织革命团体，继续进行各种政治的经济的军事的抗日工作，以便破坏敌人的统治，牵制敌人的前进，当努力使这些革命团体和他们的斗争工作能够与革命区域发生密切关系，做一切破坏敌人统治，阻挠敌人前进的各种工作。无疑的义勇军的活动，是有非常重大的意义，应当特别加紧去组织，而义勇军的活动，又必须切实注意以下三点：

A. 采取游击战，避免自己的弱点，而乘空蹈隙以攻敌人之弱点，一方面破坏敌人的统治，使之不能稳定，并牵制敌人常常用大宗军力防守后方，不能自由向我进攻，这种游击战争的经验在过去西伯利亚民众抗日的斗争中，和现时中国红军的活动中，有异常丰富的经验可以效法。

B. 义勇军主要是就当地的居民组成，凡由外处去的义勇军必须与所在地的民众有极密切的联系，并帮助当地民众成立各种革命组织，才能在斗争中取得当地居民各种极便利的帮助。

C. 义勇军各部分的活动要努力取得联络，并与正式军队取得联络，更能使他的行动发生巨大效力。

（四）应该设法钻入敌人军队中去工作，这种工作可分为两部分：

1. 是在日本军队中的工作，煽动日本兵同情中国民族革命战争，而反对其本国政府之帝国主义政策。日本兵士的成分，亦是由被压迫的工农群众所构成，这种煽动工作，虽然要冒很大的危险、困难，但绝不是不能成功的。在过去日本出兵西伯利亚时，日本军队在占领期中，便受到布尔什维克很大的宣传影响，并将此影响散布到国内去，骇得日本政府手足无措，这也是后来日本兵不得不急急撤退的一个主要原因。在今日日本工农群众的阶级觉悟，既远过于十年前出兵西伯利亚时，又有日本共产党的帮助，所以我们此时在日本军队中的煽动工作，应该较之从前俄国布尔什维克在日军中的煽动工作容易得多。

2. 是对于为日本利用收雇的中国军队中的工作，其军官因反动不可靠，而士兵仍尽是穷苦劳动者，生活所迫，不自觉的为人利用，但彼等简单的民族感情仍是有的，积极的帮助日本人而屠杀本民族必不肯为，一切的作战，皆出于被压迫，被欺骗的被动，我们应该在他们中进行极大的宣传煽动工作，应当派可靠的士兵投进去活动，可使他们倒戈到我们方面来；至少亦将使之完全对战争怠工，并成为义勇军军火接济最可靠的来源。

（五）是应当使我们中国民族的抗日战争力求与世界无产阶级革命运动和被压迫民族革命运动发生亲密的联络，必须相信他们是我们反帝国主义战争最可靠的同盟者，最有力的援助者。在此原则之下，我们目前急需进行的工作是应特别与日本国内的工农群众革命斗争和高丽反日的民族革命运动取得联络，同时应立即与苏联恢复邦交并正式承认外蒙古人民共和国。这几件事的进行，都能给目前反日的斗争以很大的有利影响。至于向国际请求主持公理的可耻无效的活动，应立即停止。对于任何帝国主义的国家，均不能信赖他们真正援助我们。再则若果我们不自努力奋斗，也决不要幻想能利用帝国主义间的矛盾冲突得到什么利益或帮助，这种帝国主义间的矛盾，只在我们有独立的政策，独立的斗争时，方可以得到相当的利用，否则全谈不到。

（六）是在目前反对帝国主义侵略的民族革命战争中，有一个十分严重而迫切的政治问题必须解决的，这个问题就是对于中国境内弱小民族的政策。应当找出正确的解决路线，并须迅速将这些正确的民族政策广为宣传到蒙回藏民族中去，尤其是对于内蒙古蒙民群众，更是刻不容缓了。

（七）我们在策略的第一页指出，"应该动员全国民众积极起来参加这个反对日本帝国主义的民族革命战争"，"只有靠全国民众自动的积极参加，才能使这个战争具有强大无比的持久抵抗与不可战胜的能力"。我们知道在全国民众中最主要必须动员的就是农民群众。因为农民是占着中国人口中的绝对大多数，四万万的中国人，农人便占三万万以上，在现时抗日战争中一切战事的负责，兵士的来源，主要是出于农民。所以现时反对日本帝国主义侵略的民族革命战争若不得到广大农民自动的积极的起来参加，是不会使这个民族革命战争强大有力，是难望这个战争得到胜利的。但是我们要怎样才能动员广大的农民群众自动的积极的起来参加这个抗日战争呢？如果我们是要真正的进行坚决的抗日工作，便会知道，这个问题不是很容易的。所以我们真正要想动员起广大的农民群众起来参加民族革命的抗日战争，最先是要能解决他们目前生活迫切的问题，满足他们目前生活迫切的需要。要让他们深深的感觉到这个国家政府的工作是为他们的，是于他们有益的，这个国家政府的存在，是于他们的生存有致命的关系，他们便会自动的积极的起来反对日本帝国主义的侵略，反对日本利用傀儡政府。现时广大农民群众生活迫切的要求就是要打破土地与水利的垄断者，要解除建筑在利用土地上之佃租、捐税、商业高利贷等各种剥削，要实际获得土地。为土地而斗争，是现时中国主要农民最迫切的要求，广大的农民群众是不惜以他们的生命，不惜任何的牺牲来为土地而斗争。如果我们承认农民要求之正当，赞助农民解决土地问题，立刻会使广大农民群众，忠诚的、热烈的拥护这个国家政府，倘使这个国家受到帝国主义的侵略时，他们一定会自动的积极的起来保护这个国家，愿牺牲他们的生命，牺牲他们的一切，去参加反帝国主义的民族革命战争，求这战争得到胜利。

从来帝国主义之侵略别国，总是要努力在这些国家中找到上层阶级的反动势力做他侵略统治的工具，所以被压迫国家的民族革命运动常常是反帝运动与反对内部的上层反动势力的统治同时进行。我们应当认识土地革命与反帝运动是不可分的，反帝运动只有建立在土地革命的基础上才能动员广大农民群众自动的积极的起来参加，才能根本肃清帝国主义可以利用的侵略工具的上层反动势力。

我们应该相信群众有伟大的革命创造能力，只要我们了解他们的要求，正确的指导他们的斗争，一旦将他们发动起来后，他们是能在很短期间解决千百专门学者数十百年所不能解决的问题。他们能演出伟大历史的奇迹，他们能在同一时间既解决土地问题又进行反帝斗争，从过去法国的大革命中，俄国大革命中，以及中国近年的革命运动中都可以看到这种现象。法国的大革命因为解决了土地问题，所以能动员广大的农民群众击破各国反革命的联军。俄国大革命中也是由于布尔什维克能正确的解决农民的土地问题，取得广大农民之对革命积极拥护参加，所以能支持五年长期艰苦的内战，终竟战败了一切内外的反动势力。所以我们现在对于中国民族革命的抗日战争，也只有同时提出土地问题之解决，才能动员占中国人口最大多数的广大农民群众自动的积极的参加，才能使这个战争具有强大无比的抵抗与不可战胜的势力。

以上七个问题是现时中国民族革命的抗日战争中最重要急需解决的问题，如果这些问题的解决采用我上述的策略路线，一定能使我们的斗争有积极的前途，一定得到最后的胜利。自然我知道我的意见不是全部都能为人人所同意接受，特别是第一项主张不可限制群众革命的活动；第五项反对乞求国联的活动；第七项论反帝运动须建筑在土地革命上才能动员广大农民群众积极起来参加：这些意见或将受到激烈的反对诋毁，但是我的意见完全是根据客观事实的具体分析，根据实际斗争工作的经验，根据全世界革命历史上鲜血写下来的教训，而得到的结论。无论我的意见现时遭到如何的反对，而中国民族革命抗日战争工作终是要走上这个路线并依着这个路线而得到伟大的胜利！

一九三三年一月三十日

最近在狱第十次书

（一九三三年一月三十日）

亲爱的舅父：

今日得读舅父一月十八日来信，并汇来洋五元，前次汇来十元亦已收到，因上次发信时，写的过多，竟忘告诉。舅父对我生活如此注念关切，真是说不出的感激。前日由高等法院转来绥远省政府发还有款尾数五十七元三角（因为从前领过五十元绥币，合大洋二十元，所以此时实发三十七元三角）给我狱中零用。至于全部存款，须候本案判决，才能定夺。所以我现时的钱，已很够一年的花销，以后请舅父不必再为挂念。

舅父信谓改造社会与打破环境之人，必须注意个人生活的修养而后可以取信于人，这是很对的。舅父举《中庸》之好学、力行、知耻相勉，自当接受。好学、力行的功夫，尚不困难。"知耻近乎勇"，是含有很大意义的。常见一般人，总是喜欢掩饰自己的错误，掩饰自己的缺点，掩饰自己的不能，去盗名窃位，而终于站不住脚。只有真正的大勇者，才不以名位系心，才不以明白的承认自己的弱点为可耻；而以不知自己的弱点，不能除去这些错误弱点为可耻，努力的实行"过则勿惮改"的精神，努力的除去自己的弱点。所以"知耻近乎勇"，能知耻者，终必成事。

舅父寄来历史图说，已看见秦良玉一套，编印都很好。还有两套在科内，尚未交下来。舅父题郑子尹先生《巢经巢诗钞》及郑先生《醉寄内妹诗》，均已反复讽诵，颇感兴趣。

数日前提笔给铭兄写信时，正当岁尾年头，不免有刘玄德髀肉复生之感，故语气亦自然反映出一些感慨之言。现在狱中对于健康颇知注意，近来尤特别于饮食及清洁加意。更可告慰者，是甥之精神并无丝毫颓丧，所以一切都能熬耐，务请舅父不必挂念。冬令天短，房中常是阴暗，自然使精神上也受些影响，好在现已交春，天气渐暖，日光春风渐能送入，身体亦当较现状为佳。

近日传闻日军已占山海关，进攻热河，必然要使华北震动。舅父原已定期南下度岁，竟反因此不走，以视一般之临难苟免、仓皇远避者，愈见舅父精神之不可及。传说是战争甚紧，绥远傅主席将率三十五军东上参加作战。我未能看见报纸，不知中国是否已经对日绝交宣战，实力抵抗，实力夺回东三省，抑或只是增加防御。如果真是已经绝交宣战，则这个战争与其意义十分重大。我认为这个战争是中国民族革命的战争，每个真正的革命者，都应参加这个战争，拥护这个战争的胜利。所以我写了一信给傅作义主席，说明我对于这个民族革命的抗日战争的意见，并要求能给予我以实际参加的机会，使我的血能流在这伟大的革命战争中。也许我的意见我的要求很难被采纳，但我的信是每个真正的革命者，在这严重的局面下，在这关系民族存亡的革命战争中必须有的表示。我将原信抄在铭青兄信后，嘱代转送舅父。今接舅父信知他将南迁，所以连给他的信一并都寄交舅父。祝舅父健康！

甥　若飞上

一九三三年一月三十日

对于过去所受母校教育的印象

（一九三三年六月）

今年为我母校达德成立的第三十年，齐生舅要我写一篇关于过去所受的教育感想和意见，我从前曾在这个学校读了七年书，后来又曾在这个学校当过教员，因此，我便来回答这一问题。

提起这个学校，几乎是初起时许多先生和许多同学的第二生命。三十年来内内外外继续不断的奋斗，冲破了无数的阻力和困难，同时也加添了不少的同志和援助，不仅保持了它的生命，而且使它一天比一天更加发展起来，回头一看，是不是值得称叹，是不是值得爱重？

我离开贵阳已约十有六年。由于我思想行动工作之种种特殊原因，使我多年来完全与故乡家庭亲友断绝往还；贵州地理交通之不便，更增加了这个隔绝的程度。所以近十余年来斯校发展的状况，竟一点也不知道，只在前日我舅父送我看的《达德校刊》上，才知道我这童年生活可爱的母校，现在还存在着。从凌师秋鹗的文章中看出这个学校曾受反动的风雹摧残过。由于诸先生诸同学们的艰苦奋斗，不久以前，又复兴起来，规模组织更加扩大。十六年前我所知道的达德学校，还只是一个男女两等小学，全体学生不过五六百人，再推到创办的初年，全体学生不过二三十人，而现在已增设了初中和高中，男女学生总数已达一千余人，男女职员教员也达一百多人，这个数目字的本身，已经令我感觉是很大的发展。若再考察到僻远落后的贵州，政治的环境和物质的条件，又都只有较别的区域更为艰难，然而达德学校能有现在的发展，实在是一件不容易的事。

从教职员的人名录中，看出旧日毕业的同学在对于母校的维持与发展中，是起了很大的作用。比如现在校长周杏村君，常务校董贺梓侪、刘方岳二君及许多职教员，都是从前本校的毕业生，我们可以推想达德学校如果没有这许多旧日毕业生的努力，是很难存在到今日，和有这样扩大的发展。

我从九岁到十五岁，七年的长时间，不但读书于这个学校内，而且是长年和舅父住宿于这个学校中。这个学校的前身，本是一个巨大的庙宇（忠烈宫），那天子台上的石栏，轩辕殿前的石狮，和两棵亭亭对立的梧桐树，是我每天最喜欢摩挲攀援的东西；那阴森黑暗的大雄宝殿，是同学们捉迷藏最妙的隐避所；那娘娘殿的许多小泥孩和泥菩萨的玻璃眼珠，是儿童们常时搬弄的玩具；那书楼上可以俯瞰城中，远望青山，是我最喜欢登临的处所。随着学校的天天发展，这古庙菩萨的宝殿，逐渐都变成了青年儿童的讲堂。从前一片阴森鬼神的气象，完全为光明智慧的现实所替代，我在这里面天天与同学们竞读游戏，整整经过了七年。这七年中所受的教育，是极活泼生动，富于变化的教育，是非常值得回忆的。

缺乏历史观念的人们，常是只看见已成长起来的东西，而完全忽视一件事物在历史过程中所有的意义。只从形式上看见今日各种学校设备之进步，而完全鄙薄三十年前的学校之简陋。他不知道这三十年前非常简陋的学校，在当时是具有很"革命的"意义，而现代所谓"设备完全的学校"会只成为"反动的""保守的"教育。

三十年前的中国社会，正处在辛亥革命的前夜，上承着中日战争失败与戊戌变法，义和拳闹动，八国联军破北京等重大事变的影响。全国民众恼愤帝国主义的侵略，尤其痛恨满清专制皇朝之黑暗腐败的异族统治，于是到处发展着"变法自强""推翻满清统治"的运动。要求民主立宪政治来代替封建专制的政治；要求科学思想来破除神权迷信；要求发展新式的产业，来代替旧日的手工业生产；要求编练使用新式武器的陆海军，来代替使用旧式刀箭的军队；要求老大的中国，仿照欧美现代的政治经济组织及文化思想，变法维新也成为"富国强兵"的资本主义国家。这一系列的思想与活动，充满着三十年前中国社会的各方面，而要求废科举取士的制度，改变私塾与书院制的教育，兴办近代学校式的活动，遂从此日渐发展起来。

达德学校便是在这个社会的剧烈变动的时间，应着时代的要求涌现出来的，这使得它的出生，是具有革命的意义。用事实来说，达德学校的创办者们，都是受当时革命的影响，不满足于旧的封建专制神权迷信的生活与知识，极力在追求新的出路。他们在未办达德学校之先，已共同组织一个达德书社，订阅京沪新出的书报，来互相讲习。从这些书报中去学得科学的民主的种种新知识，革命认识的发展，使得他们在革命的实践上，又前进一步，而创办这一所含有革命性的达德学校。

由此得见他们创办这个学校的动机，不纯是为着一个儿童教育的目的。我们要明白"学校"这一名词在三十年前的贵州环境中，它是代表一种科学与民主的思想，是一种革命的组织。在当时满清政府看来，它是"聚徒讲习谋为不轨的革命党"，在一般反动顽固的豪绅地主看来，它是"离经叛道散布危险思想的洋学堂"。他们都带着很深的仇意，来敌视它，压迫它。所以当时办学校，绝不是可以纯粹合法的和平的自由生长的；绝不是可以脱离政治斗争的。当时创办学校的人，都有多少革命进取的精神，而被旧社会中人称为"新派"。

他们提倡自然科学的知识，去打破一切迷信的传说。

他们占据庙宇，捣毁神像，拆毁大雄宝殿，来修建校舍，竟被反动分子，激起落后群众，对他们暴动袭击。

他们兴办女校不收缠足的女子，招旧社会许多的反对，非难。

尤其遭非难而且骇怪的，是他们散布"民主""立宪""自由""平等""人权"一类的思想，直接的或间接的攻击当时腐败黑暗的君主专制，去攻击旧社会中神圣不可侵犯的"名教"观念。

他们秘密散布"排满"的民族革命思想，反复对学生们讲述宋末、明末异族侵入中国的痛史，反复宣传岳飞、文天祥、史可法、何腾蛟等抵御异族侵略的忠烈行动，在学生们脑中深深印入"忍令上国衣冠，沦于夷狄，相率中原豪杰，还我河山"的思想。

他们秘密的有组织的偷读禁书，《民报》《新民丛报》《国粹学报》《黄帝魂》《革命军》一类的书报，是他们最喜欢的读物，虽然他们之中对于实际政治运动，有主张"激进的"或"缓进的"（即革命的或改良的）不同，但都是积极参加当时的政治运动，没有把政治与教育分离。

当辛亥年，这个学校的一部分教员学生已经钻入军队和会党（哥老会）中去活动，他们曾企图在是年八月孔子的诞日利用学校举行运动会，全城重要官员都来参观的机会，实行劫官暴动，因为准备不及，又改变在九月初一谘议局开会时，利用会党混入谘议局，再实现上次的计划，又因穷苦的哥老会友们一时得不到这许多长衫和旁听券，阻止他们走进谘议局的可能。虽然他们在这次军事阴谋失败之后，而且还有被捕的（体操教员徐耀卿），但这种反抗当时统治的运动，还是在不断的秘密的积极进行着。

十月十日武昌起义的风声传入贵阳后，学校里的教员学生们，都特别的兴奋的去做准备"反正"的工作。他们中的多数在当时贵州两个主要的政党——改良主义的宪政派与激进主义的自治派间，是一位当时在贵州教育经济界负有声望的蔡衡武先生立于"中立派"的地位。当时宪政自治两派的冲突非常激烈，几乎为官府所利用，他努力的和解，俾得一心对付官府，去实现"贵州反正"的工作。

这里要说：这个学校在当时只是一个两等小学，何以能发生如此的作用呢？这，由于那时的学校制度，还是新发展的时期，社会上还没有象现在分划清楚，设备完全的各级学校，它所招收的学生有半数以上是超过十二岁以上一直到二十余岁的。换句话说，就是已经超过了小学教育的年龄，甚至有超过大学教育的年龄的，因此其中许多的青年，容易认识个人与社会的关系，政治活动的兴趣，日愈浓厚，在辛亥革命中他们争先恐后的当学生军，负担城防工作，有许多是加入北伐队伍赴前线去作战。

从这些事实，可见当时办学校的先生们，是没有把教育与政治划分为两个不相关连的东西，是没有把他的工作，只限制在学校范围之内的。他们是为着改造社会、政治革命的目的而办学校，他们教育的路线，是向着这个方向进行，他们自觉其任务是异常重大，为要能实践这重大的任务，使得他们从事于团体的活动，努力实行共同研究与相互严格的批判，努力去加强个人的知识与工作能力，努力去促进所谓"新的"社会与政治的变革。

他们对于学生的关系非常亲切，不是为金钱而计算钟点的上课。不仅注意课堂上的教育，而是多方面注意学生们全部生活的指导。不阻遏学生们社会的政治的活动，而是努力唤起学生们积极的作社会的政治的活动而加以指导。达德学校的历史截至一九一七年止（六年以后我便长久的离开贵州了），这种活泼生动的教育精神，当时还是继续保存着。比如一九一五年袁世凯利用筹安会称帝时，在贵州社会团体中，达德学校首先公开发出反对帝制的通电，护国军兴后，达德学校的教员和学生是积极的参加讨袁的军事工作。我希望现在已有三十年历史的达德学校，不要放弃它过去这种最好的活泼生动的革命的教育精神，而把它更加发挥光大起来。这种教育精神的特质：

第一，是教育的路线，要适合当时革命的潮流，适合当时最进步革命的阶级的利益思想。

第二，教育家绝对不能脱离现时政治的斗争，凡是想回避现实政治斗争的教育家，不可免的要成为反动的、保守的、终于被牺牲的教育家。

第三，绝对不能把学生的学校生活与实际社会政治生活隔离起来，绝对不能把学生们限制在专门求学时代而完全禁绝他们本能的社会活动与自动实践的要求。而是要正确领导他们积极参加实际社会政治工作，要努力使课堂的讲授，与生活的实践打成一片。

达德学校从前的教育精神，自然不能象我所揭出的三点这样完满，但是它确是向着这个倾向走去，这是从上面举出的事实可以明显看出的。

我在指出过去达德学校好的教育精神时，并没有忘记它另一方面所具有的许多缺点。最重要的：他们虽被人加上"新党"的头衔，而他们中大多数人政治主张，是采取改良的妥协路线，而不是彻底的革命的路线。再则他们并不是先有办学校的经验，才来办学校的。他们是在所谓草创时期，不能有近时学校的完全设备，不能正确的规定一般课程，不能得到一切必需的教科书、标本、仪器及种种教具。试看当时曾用过"时务三字经""天文歌略""地球韵言""启悟要津"来作儿童地理、理科的课本，以两等小学而招半数以上超过小学毕业年龄的青年，这都明白表示由废科举转入近代学校制的过渡时代之简陋现象。

不过，我们并不只从形式上看见今日各种学校设备之完全，而遂因此鄙薄过去设备简陋的学校，在历史上具有很革命的意义，而现代所谓"设备完全的学校"反而是变成了反动的保守的教育。我这种说法，一点也不奇怪，一点也不矛盾。

六月于绥远归化城

王若飞祝母舅干夫先生六四寿辰的一封信

大舅父尊鉴：

今天听齐舅说及，才想起舅父的生日快到了（旧历九月初四日）。我已经多年未与舅父祝寿。本来我的生活，正如前线上的士兵一样，四面都是战争的云雾，在这样紧张苦斗的生活中，自然不易想到，且没有可能去为舅父祝寿；但对舅父则时常系念。因为我没有舅父，无以至今日。想我生于那黑暗的家庭中，父亲是那样游荡不务正业，凶恶狠毒的祖母和伯父、三叔，终日将我母子打骂折磨。若不是舅父和齐舅仗义将我母妹三人救出火坑，恐早已折磨而死，或不知流落成如何的景象，焉能还有今日！我自幼即受舅父庇护教养，以至成人。不仅现时所有知识能力，受舅父之赐，即生命亦受之舅父。十余年来我完全到处奔走，老母仍赖舅父为我照料。我不另有家，舅父之家，即我之家。舅父待我如子，表兄妹待我如亲手足，我于舅父之穷困而不能稍代分忧，常有咎心。幸喜舅父能谅我之所行，此则稍可自解者也。

舅父今是六十多岁的人了，舅父现在的境遇，还是很清贫，从流俗的见解，他们会说，舅父不会做官，不会赚钱，奔忙一生并未买下一亩地，盖下一间房，积下一点钱，可以安闲坐食。如今还是风尘奔走，无固定的住所，子女们也是以正当的劳作，勉够维持生活，不足以如流俗所谓光耀门庭。他们会以为这对于舅父将是很不幸的。在这样不幸的境遇中而过生日，更值不得流俗势利眼光的庆祝。流俗的庆寿，是要夸示自己的安富尊荣，儿孙显贵，亲友逢迎，门庭若市。然而从我们的眼光看来，那只是没落的社会中，用别人的血汗，来造成腐化颓废的享乐生活，绝不是处在今日社会巨大变革中，人们正当应该追求的生活。流俗之所贵，正是我们之所贱；流俗之所贱，正是我们之所贵。我们自有我们对于人生的见解，自有我们困穷中的快乐。比如现时生活在苏联境内的人们，普遍称以"公民"或"同志"，若加以"大人"、"先生"、"小姐"、"太太"一类帝俄时代尊贵的称呼，则受者常视为奇耻大辱，不能一刻忍耐。问人的过去家庭出身，若是官僚、贵族、地主的家庭，便立刻受到极大的鄙夷；生活工作，也要受到许多限制。若是工人家庭出身，而本身也是劳动者，便觉得倒是无限的光荣清白。这种现象，当然是和我们现时所处的正在日趋没落的旧社会习尚正相反。究竟哪一种习尚是正当的，社会的发展，将是哪一种习尚日愈占着优势？我想这问题，对于我们应该是很容易洞察的。舅父绝不会留恋流俗所称羡的那种"安富尊荣"生活；甚至会认为人若以此生活祝望于舅父，那不是敬爱舅父，而是在侮辱舅父。舅父有可能取得那样的生活而不为，舅父又曾任厅长，曾任总办，而至今日生活还是这样困穷，正是舅父难能可贵的地方，所以我今日为舅父祝寿，是在以下的意义之上：

第一是舅父可纪念的生平。

第二是现时清贫可乐的生活。

第三是有可快慰的家庭。

第四是舅父绘画艺术的进步。

第五是舅父的健康而多寿。

舅父生平最可纪念称述之事，不在舅父曾任过什么显官。我认为下面一些事实，才是最可纪念称述的：

1. 外祖所留给舅父的，只有刚正勤劳的美德，并无什么恒产。舅父少而贫穷，十余岁即担负了维持家庭生活的责任。然而舅父在那样困穷多累的境遇中，不废学习，刻苦勤奋的自修，以至学成，这是常人所不易做到的。

2. 舅父当日之刻苦自修，尤其难能可贵的，是舅父特别注重数学、物理、代数等自然科学的研究。这类知识，在当时偏远落后的贵州，不仅没有教者，不易得到书籍，并且研究这类知识，是要受到当时社会极大的非难反对、讥笑毁骂。然而舅父毫不为人言所动，以后并约集友人创设算学馆、达德书社，努力于科学新知的传播。

3. 由达德书社更进而创立达德学校。如今达德学校也已有了三十年以上的历史。男女高中初中小学全备，学生千余人。它在贵州新文化的传播上，尽了很大的作用。舅父之名在达德学校创立发展的历史上，是不可磨灭的。

4. 在辛亥革命以前，舅父不仅努力于科学知识的提倡与传播，并且从事政治变革的工作，积极参加辛亥革命运动，所以舅父在贵州新文化的传播与政治变革上，是尽了很大的努力，这是舅父可引为自慰的。

5. 在辛亥革命后，舅父被举参加省政府的组织。舅父曾为实业厅长，曾为矿务总办，曾在农商部任职。但是在军阀统治之下，能容许舅父有什么成就呢？自然要一切希望只成幻想，不仅不能久于其位，而且被人视为不会做官，不会找钱，以至晚年不免于穷困了。我认为这种流俗的讥笑，不足为舅父之辱，反更足以增高舅父的人格。

舅父过去的生平，没有流俗所谓"赫赫之名""炎炎之功"；但是若果我们详细去分析那种"功名"的实质，将是许多的血泪所培养出的。官越高者罪愈多，功愈大者恶愈甚。"功名"与"罪恶"这对他们是分不开的，将来自有被清算的时候。舅父没有那样的"功名"，绝非舅父之不幸，反是舅父可以自慰的地方。而以上所述舅父生平，才是最可纪念称述的。舅父现时的生活，固然是清贫；但是清贫中仍有许多的快乐，并非纯全是苦恼。

第一，是舅父的生平，确曾对社会做了许多有益的工作，可引以自慰而没有愧怍。

第二，目前生活，虽有时不免于窘促，但并没有到完全不能存活的境遇，不过是淡泊艰难些罢了。我们试放眼一看，整个的中国，整个的世界，千千万万的广大群众，在失业、饥饿、战争、死亡中挣扎的状况，则舅父现在的生活，总还算是比较幸福的。

第三，儿辈都有正当业务，能尽力奉养；孙儿绕膝，含饴可乐；更可喜齐舅与我母亲等至亲数人，都各健在；舅父老年犹有可快慰的家庭，不感什么寂寥痛苦。这在现时荒乱的世界中，也很不易有的。而舅父与齐舅兄弟间之友爱互助，相攻以学，相勉以善，老而不倦，尤给人们以极好印象。

第四，是舅父老年虽不能再任社会繁巨工作而益专心致意于绘事。终日伏案挥笔，乐不知疲。听齐舅谈，近来造诣，愈臻神妙。这是一种有功社会最好的艺术，足以自乐，并足以高尚自活。

第五，是舅父今年已六十多岁，身体还是很康健。若就一般人的平均寿命言之，舅父应该是长寿的。但必长寿而有舅父过去那样可纪念的生平，有舅父现在这样纯洁的生活，才是可贵可乐。否则"多寿多辱"，古人也曾说过，并且普通习见不鲜也。

所以舅父现时的生活，应该是可以快乐的；舅父今年的生日，是值得庆祝的。让流俗的人们，现在来讥笑舅父的清贫；让现在那般有钱有势的人们去夸张自己的荣耀，这对于舅父有什么损害呢？清贫者方有人生的真快乐；而荣耀者转瞬将受到根本清算的侮辱。拿眼前的事实来说：满洲旗人，在辛亥革命前，是何等的尊荣富贵。他们是一种特权阶级，他们的孩子，一生下来就由国家供养，领取口粮，他们一生过着寄生享乐的生活。然而他们这种特权地位，在辛亥革命后终于被清算了。许多旧日王公贵族官僚的家庭，落为娼优乞丐。人们不会以为这种清算是不合理的。又如俄国过去的贵族地主、资本家，在十月革命后，被清算的程度，比我们在辛亥革命中清算满人的特权更为彻底。他们从前用来役使人、压迫人、剥削人、骄傲人的一切财产地位，都完全被没收了。劳动者成为一切的主人。对于从前这般吸吮别人血液来养活自己的剥削阶级，为防他们的反动复辟，还在实际生活中，加上一些严苛的限制。过去尊荣富贵的人，现在变成了最受侮辱贱视的人；过去被侮辱贱视的人，现在成为了一切的主人，成为了人类更丰富快乐的新社会的建设者，根本消灭剥削人的制度。人类的历史上，将歌颂这一伟大的变革，而不会对于从前剥削阶级的沦落，发生留恋可惜的思想。

我曾和一些外国工人消夏，寄居于从前一个贵族的别墅中。这所高大壮丽的建筑，及宅中的一切珍贵的陈设，现在都成了工人们的所有。老年的旧房主和几个小孩，现在退居于一间破旧的小房中，终日小心勤慎的为我们做园丁工作，以取得生活。他们的儿子因反动不知逃向何方去了。每当我们餐后，小孩们偷偷来拾取桌上所遗的面包残屑，正可为他们过去享用的生活一个反照。

此间监狱中有一个旗籍老看守，常常向人称述他们从前养尊处优的生活，叹息现在的沦落，而希望他们老佛爷再登皇位。这不会引起任何人同情，只得着鄙夷的讥笑。

总之，我们现时正处在人类历史上一个巨大变革的时代，剥削者正要被人剥削的时代。不过这不是简单的循环报复，而是要实现消灭阶级，消灭人剥削人制度的新社会。要实现人类真正平等，比现在更丰富快乐美满的社会。全世界上广大被压迫的劳动群众，都在向着俄国工农革命已经开创的途径走去，他的胜利的前途，已如旭日当空一样的明白。所以我今日为舅父祝寿，不敢以俗流的思想来侮辱舅父。而是要：

祝舅父珍视现时清贫的生活，及可快慰的家庭。

祝舅父艺术进步。

祝舅父健康而多寿！能够看见新社会变革之成功，能够看见"人间乐园"的建设，能够享受未来新社会丰富快乐的生活。

甥　若飞敬上

一九三三年十月十五日于绥远狱内

欢迎全国革命青年学生到延安来学习抗战知识[1]

现时我们国家，正遭逢着日本帝国主义的残暴侵略，全国正在展开伟大的争取民族生存的抗战，每个不愿当亡国奴的中国人，无论男女老幼，都应积极起来参加抗战，特别是全国青年学生，现在已不是读死书的时候，而且敌人的炮火，正向着一切文化教育机关轰炸，也不容他们有安静读书的可能。目前我们争取民族生存的抗战，向全国青年学生提出一个重大的任务，要求他们跑到民众中间去做唤起民众、组织民众、武装民众，来参加抗战的工作。因为我们的抗战，若不能动员全体民众积极起来参加，是不能希望这个抗战得到彻底的胜利的。全国革命青年学生，他们将怎样才能去实现这一伟大的任务呢？他们目前最感到困难的，就是由于过去的教育，理论与实践分离，没有适应准备抗战的需要；以他们今天空有满腔的抗战热情，不知怎样去参加抗战工作。对于如何能够争取抗战胜利，如何能够动员群众起来，如何能够消灭民族失败主义倾向种种问题，皆感觉无法应付。陕北公学之创设，便是为适应现时我们民族抗战的要求，适应现时全国革命青年学生的需要，而成立的。这里是要造成能够去做唤起民众、组织民众、武装民众，来参加抗战的

[1] 本文是 1937 年 9 月，王若飞在陕北公学开学典礼会上发表的"欢迎全国青年学生到延安来学习抗战知识"讲话文稿。

117

干部。这里所教的，完全是适合于目前抗战迫切需要的知识。这里的环境，是全国抗战的模范区域。青年学生们，不仅可以从学校中得到抗战知识，整个的社会环境，处处都供给他们以抗战工作的实例。这里不能有长期的学习，只能有短期（几个月）的训练，因为抗战工作之紧急，要求每个来学的青年，必须百倍紧张的学习，必须能在短短的几个月内，获取一切必要的抗战知识，就迅速到群众中去，到前线上去。这里的物质生活，在衣、食、住，任何方面，都是极贫苦的，但这应该是每个革命青年能够忍受的。陕北公学，在今日我们培养抗战干部上，起着非常重大的作用。我们欢迎全国革命青年学生，来此学习。并希望全国同胞，对于这抗战干部的养成所——陕北公学，在物质上与精神上，都能给予极大的支持，使他能充分完成他的任务。

（选自《陕北公学》）

华北游击战争的展开

（一九三七年十月三十日）

一、八路军在战场上出现后对华北抗战的影响

华北抗战从七月到现在已历三个半月。敌人由七月八号袭击芦沟桥，进而占领华北政治经济、军事、文化中心的北平、天津。更继续沿平绥路西进，于八月末攻陷南口、张家口，九月间又攻陷天镇、大同，至十月初，归绥及雁门关亦相继失守。现在敌军已越雁门关而进至离太原不过九十公里的原平。在平汉线方面，九月中失去保定，十月初失去石家庄，敌军正向娘子关及彰德进攻。在津浦线方面，敌军已越沧州、德州、平原，进至老黄河北岸，直接威胁济南。现在河北、察哈尔两省及山东、山西、绥远的一大部份，均已陷入敌军手中。敌人目前的企图，是想一面沿正太路、同蒲路，并力夺下太原；一面沿津浦路及胶济路夺取济南；便可初步实现夺取华北五省的计划，以达到灭亡中国。然而由于八路军九月间在晋北战场上的出现，以及他从平型关战斗后连续的胜利，使敌

人想顺利夺取太原、占领山西的企图遭到了严重的挫折，迟阻了敌人向山西延伸的计划。同时对整个华北抗战给以莫大的影响：

首先，是他振起了各路战线历经失败的士气，坚定了我们全国抗战必胜的人心。

其次，是他以新的战略的姿势，出现于战场，他在山西、在华北，展开了广泛的运动战与游击战。他不是单纯的防御、坐等挨打的防御，而是在战争中处处争取主动地位，去消灭敌人，去使敌人的优越技术减弱效力。他抓住了敌人的各个弱点，对准着敌人这些弱点进攻，他向全国友军提供了致敌人死命的战略。

其三，是由于他在抗战中坚决英勇的模范，他的政治主张与军事战略之正确，证明日本帝国主义是可以战胜的，影响与推动其他友军，也共同走上这一能够争取胜利的途径。

二、八路军现在所采的战略 ——"独立自主的山地游击战"

八路军就是过去的红军，他有着高度的政治觉悟，有着自觉的纪律，有着与人民密切的联系，有着坚固一致的团结，有着英勇坚决刻苦奋斗的牺牲精神，有着丰富的游击战争经验，这是他的长处。但在今天与强暴的敌人作战时，也有他的弱点：第一，是现在八路军的数量还不很大；第二，是他在物质技术上还很贫弱，缺少机械化的、化学的、航空的各种新式武器。而他的敌人，正是在技术上具有绝对的优势。所以他必须避免自己的弱点，发挥自己的长处去进攻敌人的弱点。什么是敌人的弱点呢？

第一，是他所发动的战争的性质，是侵略的，是在中国境内作战，是要处处都受到中国民众的仇视。

第二，是敌人国内政治经济危机之严重，财政之枯竭，阶级斗争之尖锐，国际形势之孤立，不利于战争之持久下去。

第三，在中国这样广大的国家，交通又极不方便，日本军队不能占领一切中国区域，他只能沿着交通方便的铁道线作战。他的军队愈向内地深入，便愈有时时被截断包围消灭的危险。

由此得出我们对日作战的总的战略方针：应从坚决持久的大规模的运动战中，去消耗削弱敌人的力量，以致完全把他驱出中国去。而在八路军方面，更应该适合自己现在的力量，与坚持自己的特长，发挥"独立自主的山地游击战争"，用以配合全国友军作战，八路军在这个战略方针之下：

第一，他的行动，在军事的指挥上机动上，是独立自主的，但又是与友军行动相配合的，服从一个统一的军事领导与统一的作战计划。

第二，他负担了协同友军作战的任务。他现在山西境内，便是凭藉同蒲路两旁的山地深入敌人后方，向沿同蒲路进犯太原的敌人截击。

第三，他在战争中，是处处争取主动的地位，一切战略的退却与防御都是为了要进攻消灭敌人，而不是单纯的防御与退却。

第四，在今天我们的数量与技术比敌人还差得很远的时候，我们军队的行动，是带游击性的。这种游击性，正是我们今天能保存与扩大自己力量，并战胜敌人的工具，是今日能够致敌死命的战略。

三、八路军一月来所获的胜利

自从九月下旬八路军赶上前线后，他的不断胜利的消息，引起了全国民众的兴奋，使敌人惊惶失措，咬牙切齿，宣言要以一切最残酷的方法（毒气轰炸）来消灭这部分军队。八路军为什么能这样所向皆捷呢？因为他是真正人民的军队，他与民众密切联成一片，到处得到人民的帮助，同时又发挥他在过去十年战争中积有丰富经验的游击战略，所以能深入敌人的后方，忠实执行总的作战计划给与八路军的任务。

八路军在敌人攻入雁门关后，他负担了从侧面协助友军作战的任务，即分为左右两翼，深入晋北一带敌人后方，展开广泛的游击战争，袭击敌人后方城市，并向沿同蒲路进攻太原之敌，随处截击。晋北民众纷纷起来协助八路军抗战，使敌人非常惊恐混乱，大有应付不暇之势。总计我八路军参加抗战一月来所得前方捷报如下：

我右翼军于九月二十五日，在平型关与敌激战，毙敌官兵数千，缴获满载军用品汽车七十余辆，小摩托车三辆，大炮两门，炮弹三千余发，步枪数百支，及其他很多军用品，残敌狼狈奔溃。二十八日在平型关灵邱间之张树庙，伏击敌人，缴获汽车三辆，步枪三十余支，轻机枪二挺，敌死三十余人。十月十一日，我军一部袭占涞源城。守城之敌，向易县逃去。十三日我军一部进袭灵邱、广宁两城，并截断公路；另一部收复平型关，破坏公路十余里。十四日我军一部，在平型关灵邱线，截住敌汽车一百三十余辆；另一部向繁峙代县之线袭击；再一部向嶂县忻县之线袭击，与我左翼军呼应并策应正面忻口各友军作战。我军某部又东出河北省之行唐、曲阳、夹平汉路活动于敌之侧后方。十五日我军一部在灵邱与广灵间之马家湾伏袭敌军运输队，获骡子百四十五匹，大车九十余辆，满载食品大衣及敌军劫掠民众物品，毙敌八十余人。十六日我独立团袭占广宁县，敌守城步骑兵一连，汽车三十余辆，狼狈向蔚县逃去，我军正积极向灵邱蔚线活动。二十日我军一部以极英勇敏捷之动作，夜袭同蒲路之阳明堡日军飞机场，炸毁敌机二十四架；又一部在平山县附近袭击敌人，获马廿二匹，毁汽车数辆，毙敌三十余人。

我左翼军于本月二日，袭击朔县以北，平鲁县以南之井坪镇，将敌千余人击溃，收复井坪镇；缴获坦克车八辆，装甲汽车十五辆，步枪三十余支，机枪二挺，炮弹八箱，毙敌一百余人。以后继续推进，收复平鲁县。六日夜我军一部袭击宁武县，占领该城四门；敌人困守城中。七日我军另一部袭击大同以南之岱岳镇、榆林村、马邑三处，除岱岳外，其余两处均被克服，破坏了敌人的桥梁电线。十日袭击岱岳怀仁间之南北新村，缴步枪数十枝，汽车六辆，毙敌二百余七。十二日夜，我军一部在崞县以北十里铺，袭击敌汽车十一辆，敌死六十余人。同日又袭击岱岳以南之新庄，毙敌百余人，将敌全部击溃，焚毁汽车十八辆。十三日敌坦克车装甲车满载步兵炮兵由朔县向宁武增援，我军一部伏击于宁武城北之马家湾，将敌全部击溃，困守宁城之敌，突围逃走，我军确实收复宁武。十四日我军一部攻占崞县附近之水兴村，缴获装甲车一辆，战马七匹及军用品甚多。十九日我军一部占领雁门关，并破坏由广武至太和镇间公路，毁桥梁五处。二十日因敌军增援赶到，暂时退出。但二十一日雁门关又复为我夺占。我军另一部在崞县阳明堡间埋伏，截击由崞县北开之汽车卅余辆，毁其数辆。现敌人因大同至延平间交通时时被我截断，非常恐慌。

八路军这些胜利，大大的威胁了敌人的后方，使向南进攻太原的日军（约五六万人），完全处在我军的四面包围截击中，阻止了他想长驱占下太原的企图。按照现在的情势，假如正面友军能够坚持不被敌人突破，尤其是在战略上，不是单纯的防御，而是攻势的防御；在政治上能让广大民众组织起来，武装起来，参加抗战，那么这五六万日军，不难被我完全消灭。

四、坚持山西的战略支点与对于友军的希望

由于八路军在山西战场上的出现，他正展开着广泛的游击战争，从各方面觅取敌人弱点，去消灭敌人。他的"独立自主的山地游击战略"，

使敌人的优越武器大大减弱效用；使敌人占领山西的企图，受到严重打击，无论如何，敌人现在决不能像占领东北和河北那样容易的来占领山西。山西将造成一种特殊的局面，即敌人永不能完全占领的局面。敌人虽然可以凭藉其优越武器（飞机坦克重炮等）暂时占领若干交通城市，但其他许多城市及山地，将仍在我军手中，并且那些深入山西腹地的军队有随时受我军包围消灭的危险。今天的山西不仅是敌人永久不能完全占领的区域，而且将成为展开华北游击战争的中心，成为华北抗战的中心，成为收复华北失地的根据地。因此坚持山西的游击战争，保持山西的战略支点，是目前抗战中的重要任务。

一月来八路军的胜利虽然相当改变了华北抗战的局势，但他还不能就决定整个抗战全局的胜利。他只能以自己的行动作为全国友军采纳的模范。在今天抗战胜负上起决定作用的还是要靠数量上超过八路军几十倍的全国友军。为什么许多友军在过去遭到很严重的失败呢？主要是由于下面四个原因：

第一，是只靠政府军队的抗战，没有实行孙中山先生革命的三民主义政纲，去唤起民众，来参加抗战，甚至还压迫限制群众抗日运动，自然要使军队的抗战，得不到广大民众的帮助。

第二，在军队中没有建立正确的政治工作，去提高士兵的政治认识，并使官兵一致，军民一致，而完全保持过去官兵对立的现象，自然不能望这种军队能拼命去打仗。更有许多军队在抗战中，还是纪律不好，自然也得不到民众拥护。

第三，若干高级军官仍带着军阀自私心理，不愿自己牺牲，对抗战不坚决。

第四，战略上采取单纯的防御路线，完全是坐等挨打的办法。不争取主动，不采取独立自主的积极作战方针，这也是军事上失败的一个重要原因。

另一方面，八路军之所以能获胜利，就是他没有上述的缺点，他是真正人民的军队，他有着高度的政治觉悟，有着坚固一致的团结，有着英勇牺牲的精神，有着独立自主的积极作战方针。

我们为了争取全国抗战的胜利，诚恳的希望全国友军从研究过去失败与胜利的教训中，速下绝大的决心，除去自己的弱点。最近我们已听到某些国民党高级军事领袖，对于如何动员群众问题，如何改造军队问题，如何争取主动战略的问题，正在想向这方面转变，我们竭诚的期望这种转变能够迅速实现。

（原载《解放周刊》第二十一期，一九三七年十月三十日）

今天如何实现蒙汉联合抗日

（一九三八年二月一日）

日寇自占领了察哈尔、绥远、包头后，便于去年十月二十八日，在绥远以德王为首成立"蒙古联盟自治政府"，宣布以亲日防共蒙汉"协和"为施政方针，改用成吉斯汉纪元年号，假仁假义的表示他是在援助内蒙民族实现民族□□自治。当时伊克昭盟各旗，因靠近陕北的关系，尚徘徊观望，不即悬出日旗。但自最近日伪军深入东胜后，伊盟七旗，除乌审外均已悬出日旗。日寇现时正在以绥远为根据，积极准备进攻陕北和宁夏，目的在消灭陕北抗日先进地区，截断中苏交通，实现灭亡全中国计划。紧靠定边之鄂拄旗哈拉庙，已发现敌人在修飞机场。使得我们陕甘宁边区，特别是神府、三边、榆林一带，更迫在直接抗战的前面。在目前这样严重的情势之下，三边方面的党政军工作，已积极作直接抗战的准备，所有党员与所有民众都武装起来参加军事学习游击战争，要给侵略者以无情的打击。其他各地方党政军与群众团体工作，也要加紧向着这个方向准备。我们更要努力争取内蒙民族脱离日寇的欺骗影响，实现蒙汉亲密联合抗日。在目前对于内蒙问题上，我们应采取以下的办法：

一、我们必须在蒙汉两民族中，极力宣传蒙汉联合抗日之重要。要实现这个联合，首先要我们的中央政府，和一切汉人，都完全放弃过去大汉族主义的态度，并切实在一切具体问题上，给内蒙民族解放运动以帮助，才能除去日寇利用以挑起蒙汉冲突的事实，争取蒙民脱离日寇欺骗影响。其次要在内蒙民族中，进行诚恳的耐心的说服工作，要用一切具体事实，说明日寇不是真心援助内蒙民族□□自治，而是要把内蒙变作他的殖民地，变作他的进攻中国本部及反苏联的工具。要说明内蒙民族只有与汉人联合，才能有力量去抵抗日寇侵略，才能去驱逐日寇侵略势力出内蒙。蒙汉间一切政治军事经济文化问题，均需要亲密的合作。蒙汉间一切关系，必须在真正民族平等的原则上去解决，不应受日寇挑拨，再继续不平现象。

二、我们对于德王及伪蒙自治政府的态度，必须深切看到内蒙民族中普遍存在着的要求民族□□自治倾向，和对于德王及伪蒙自治政府的多少幻想。所以不宜简单提出反对德王及伪自治政府的口号。而是要用一切事实说明日寇的侵略，批评德王的错误，"要求德王回头抗日"，并争取分化傀儡组织下的一切王公人民转向抗日。

三、今天我们联蒙抗日的工作，必须正确估计到内蒙各旗的分散不统一情形，政治经济文化落后情形，人口稀少情形，一切内蒙王公人民均没有自信单独抗日力量情形（因为每旗常备武装不过二百到五百，平日既无训练，而又各旗不相统属，自然感到自己力量十分微弱），所以不能幻想内蒙自身能有很大的独立抗日力量，足以单独将日寇侵略势力逐出内蒙。拿绥远来说，全省一百八十万人口中，汉人居十之九，蒙人只占十之一（惟三分之二的土地，还是蒙民游牧区）。所以驱逐日寇出内蒙的主要责任，还是要由汉人来负担。在今天中国政府军队力量还不能最后战胜日寇，保障内蒙民族不受日寇侵略时，我们是不能对蒙人抗日行动，有过高的要求，过分的责备，而要原谅他们处境的困难。第一，不因他之挂出日旗便把他看成敌人，去攻击他。第二，还要赞成他这种对敌虚与委蛇，保存力量，待时而动的办法。第三，只要求他与我方暗地保持极密切的关系，随时供给我方重要情报，和各种行动便利。第四，更要他在伪组织中去积极影响争取德王和其他蒙人转向抗日方面来。倘若我们把现在挂日旗的蒙旗，都简单看成敌人去反对，是最愚蠢的办法。

四、虽然今天内蒙的社会制度，是封建制度，存在着王公与平民的对立，但是在今天日寇灭亡整个内蒙民族的前面，我们应赞助内蒙王公平民团结一致去抗日。要在抗日高于一切的原则下去调解内部的冲突走向团结。而且还应看到在广大区域的蒙古平民群众（如伊克昭盟），今天还在对王公十分崇信。所以我们应诚恳的劝告内蒙革命青年，现时不要在内蒙强调提出争取民主运动，把民主问题与抗日问题并提，更不应该提出"反对王公争取领导"的口号。而应该真正站在内蒙民族解放利益上，提出"要求王公领导蒙民抗日"的口号，以一切合法的手段逼请王公领导抗日。在今天团结内蒙民族抗日的组织，最好是采用"抗敌后援会"或"抗日救蒙会"等更广泛的群众组织形式，并要求王公出来领导才更便于号召。

五、我们联合内蒙民族抗日的工作，必须在统一的政策，统一的组织，统一的计划下去进行。必须除去现在绥陕边境各军各自活动，互相冲突的现象。因为这种现象，是对工作进行极端有害的。这种要求对蒙工作统一的呼声，就在蒙人方面也已经提出来。因为他们也感到无所适从之苦。这种统一，是可以经过各方面的互相磋商，经过中央政府的组织系统，经过榆林的最高军政领导机关，来实现的。在目前应该进行的工作是：

1. 今天我们内蒙工作的中心区域，应该放在绥远，并且首先要注意伊克昭盟各旗的工作，由伊盟再扩大影响于其他各旗。

2. 在绥陕边境各部分中国军队，应当统一指挥，整饬军纪，加强政治工作改善与蒙民的关系，并针对着日寇侵略路线，配备防务，准备用广大群众的游击战争，配合正规军作战以抵御日寇的进攻。

3. 中央政府最近在榆林任命设立的"绥蒙宣慰使署"，应努力使他成为团结绥远蒙旗抗日的中心，努力争取沙王、阿王或其他有威望的王公到榆林主持领导，帮助他创立统一的内蒙民族抗日军队。并在政治上、军事上、经济上、文化上，给宣慰使署和各旗王公以更大的帮助。从这些具体帮助的例子，去转变一切蒙古王公平民对过去中国政府的成见，去争取实现蒙汉联合抗日。

4. 必须在后套、五原、临河一带去开展蒙汉抗日的游击战争。因为那些地方，在群众方面与地理方面，均有很好的条件，足以阻挠和破坏日寇的西进南进计划。在那些区域，必须说服一切汉人放弃大汉族主义的偏见，切实援助内蒙民族。又要说服一切蒙人，勿受日寇挑拨，在民族平等的原则上，共同联合抗日。

总之，我们争取抗日战争最后胜利之保证，在于巩固和扩大民族统一战线与坚持抗战到底之方针。而扩大民族统一战线在内蒙民族问题上，是需要实现以下三点：第一需要我们政府转变过去对蒙民的大汉族主义政策。第二需要说服一切汉人转变过去对蒙民的大汉族主义态度。第三需要内蒙王公平民一致团结抗日。只有这样才能使民族统一战线更加扩大，才能争取内蒙民族脱离日寇欺骗影响，实现蒙汉联合抗日。

（原载《团结》创刊号，一九三八年二月一日）

加紧整理自卫军工作，准备迎击日寇的进攻

（一九三八年二月十五日）

日寇的侵略，已经从山西、绥远日愈迫近我们的边区。前线的炮声，在边区、边境上，也隐约可以听到。还有那日寇的先遣队——出卖民族利益的汉奸、土匪，正用各种方法，潜入边区进行破坏捣乱工作，准备作日寇进攻的内应。这些事实，都说明了边区今天形势紧急，有可能很快变为与日寇直接作战的战场。

因此，我们为了准备迎击日寇的进攻，为了誓死保卫边区，保卫西北，保卫全中国，曾经在去年年底的各县县委书记联席会上着重的指出：整理自卫军和少先队是目前一切抗战动员工作最中心的工作。自卫军、少先队是不脱离生产的、地方的、半军事性质的、成年群众与青年群众抗日武装组织，是保卫边区的群众武装力量，是正规抗日军的后备队，和扩大的基础。他在现时还能自动协助政府军队进行剿匪、锄奸、盘查、放哨、侦探、情报等巩固后方治安工作。当日寇军队进攻边区时，自卫军又要能马上发展起广泛群众的游击战争，配合正规军实行保卫自己乡里的血战。

我们自卫军的前身，就是由从前的赤卫军转变发展起来的。这些赤卫军，在陕北土地革命时代，曾经显示过他伟大的战斗作用，曾经积

蓄了无数的战斗经验，他应该是能够在今天的抗日战争中担负起上述保卫边区的神圣任务，能够在今天的抗日战争中，表现他是全国抗战的先进地区。我们承认各级党部同志，最近数月来对于扩大自卫军少先队的工作，已有着极大的成绩，自卫军人数，已较原有增加一倍以上。但是若从工作的质的方面去检查，我们是否已经在一切区域都完全做到吸收每个壮丁公民加入到自卫军中呢？是否已吸收每个自卫军的强壮精干分子加入到基干自卫军中呢？是否已保证每个队员有一件武器，每个基干队员有一件精良武器呢？是否在一切区域的自卫军都已能按期进行军事政治教育工作？每个自卫军对于抗战工作都有明确的认识和极高的热情呢？是否对于剿匪、锄奸、盘查、放哨、侦探、情报等巩固后方治安工作，已能自动的进行得十分完善呢？是否在日寇进攻边区时，马上能采取广泛群众游击战争的姿式，配合正规军实行保卫边区的抗战呢？我们不能否认，在这些方面，我们的工作还有很多的不够。在若干区域，普通自卫军，甚至基干自卫军的军事政治训练工作还没有很好进行，盘查、放哨、锄奸、剿匪工作还很松懈，个别落后的群众，还表现太平观念，没有紧张的准备抗战的情绪，必须克服这些弱点，更便利于迎击日寇的进攻，以保卫边区，保卫西北，使边区成为抗日的先进地区。所以我们唤起边区的每个党员，每个公民，都应明白认识目前边区抗战紧急形势，应把整理自卫军的工作，看成是当前准备迎击日寇进攻的一切抗战动员工作中最中心的工作。我们最迟必须在三月底以内全边区各地都实现以下关于自卫军的整理工作：

一、首先要使自卫军的教育训练计划，在各县各区各村都认真实行起来：A. 普通自卫军以连或排为单位，每星期至少班排集中训练一次，每次二小时。B. 基干自卫军每三日或五日排班集中训练一次。C. 训练内容，军事与政治并重，在政治上要使每个自卫军都能明白巩固全国团结抗战必胜的道理，提高他们抗战情绪，准备迎击日寇的进攻，誓死保卫边区。在军事上要学会使用普通武器，普通游击战术，防空常识，警戒、盘查、侦察常识等。D. 自卫军的训练计划与实施，均由保安司令部负责。

二、要绝对保证每个队员有一件武器，每个基干队员有一件精良武器。要用尽一切可能方法，去增强自卫军武装力量。

三、各乡自卫军，应严格执行戒严，放哨、盘查、锄奸、剿匪等工作。按地理情形，设置盘查所，派基干自卫军日夜轮流负责。不带路条的人，决不能放过。如前一盘查所疏忽，而在后一盘查所查出时，应给前一盘查所以处罚，才能使汉奸敌探不易混入。在有土匪出没区域，更应严密清查户口，有计划的布置侦察网与通讯网，完全消灭土匪的活动。

四、在整理自卫军工作中，要特别注意先弄好基干自卫军的工作。这是整理自卫军的中心一环。因为他是自卫军中最强壮精干可靠的分子。要使他在普通自卫军中起模范的作用，要使他负担起巩固后方的主要责任，要使他在敌人进攻时，容易变成游击队，容易补充正规军，容易变成完全脱离生产的抗日武装，必须注意他的成份的健全。在编制上，为了保证容易集合和行动敏捷，应以地理上的接近，在人口稠密的中心村子，建立基干自卫军；而不是普遍的从各地自卫军中选拔来组织。

五、自卫军的干部应详细审查。应由民主的方式，去淘汰对抗日不坚定和不负责任的分子；推选忠实、勇敢、积极、坚定抗战的分子为营连排长。各地党委和保安司令部并应有计划的轮流训练自卫军中的干部以保证自卫军领导成份的纯洁和有力。

六、妇女参加自卫军，应单独编制，并且只许大足与半大足的妇女参加。他们的训练与担任的工作，应适合他们生理的关系。一般的政治训练与盘查、放哨、侦探情报等工作，妇女自卫军都应参加。

七、这次整理自卫军的工作，特别着重在质的方面的充实改进。同时，仍不放弃吸收尚未加入自卫军的每个壮丁公民，都能到自卫军中来。吸收尚未加入基干自卫军的每个壮丁精干分子，都能转入基干自卫军。

为了保证以上工作的完全实现，必须先使每个干部，每个党员，每个群众，都深切明了边区目前抗战的紧急形势与整理自卫军工作之重要。必须经过各级党与群众组织，再加紧做一番政治鼓动工作。必须在一切组织的会议上，更具体规定这一组织所应完成的任务。在工作中更要干部党员起模范作用，并采用互相竞赛，与严格督促检查制度，才能使这次整理自卫军工作，可以收到圆满的成绩。为了保卫边区，为了准备迎击日寇快要到来的进攻，为了保持边区是全国抗日的先进地区，希望边区的每个党员，每个人民，都来积极参加这次整理自卫军工作，为完成整理自卫军计划而斗争。

（原载《团结》第一卷第二期，一九三八年二月十五日）

我们怎样保卫陕甘宁边区

（一九三八年四月二十日）

一

在过去八个多月的抗战中，陕甘宁边区的军队——八路军，虽早已开赴前线，浴血抗战，建立过不少英勇的模范的战绩。但陕甘宁边区，还是处在抗战的后方，我们将近得到了一年的和平时期，使边区人民在生活上有了相当的休息与改善。自从二月中旬敌人变更战略，加紧向晋南进攻，长治、临汾及同蒲南段全被敌人占领后，这种和平的环境又为战争的环境所代替了。敌人现已进至黄河东岸，屡图从碛口、军渡、马门关、平渡关等处渡河进扰边区。吴堡、宋家川方面曾遭敌人隔河炮击，府谷友军所驻县城且曾一度被敌占领，后又被我军收复。绥远方面的敌人，也正配合着山西方面的敌人向陕北进攻，尤其严重的是陕甘宁边区附近的土匪，当着日寇炮轰宋家川时，也从宜川、韩城，从豫旺、固原等地向边区境内进扰，企图击破延安，捣乱我抗日后方，以接应日寇的侵略。边区政府所属之山城堡、黑城岔两区政府所在地，均曾被日寇所组织的土匪袭入。一切这些事实，都向陕甘宁边区的民众明白指出，边区今天已经成为直接抗战的战场了。

陕甘宁边区政府所辖的地区，虽然只有二十余县，而且是很贫瘠的区域，人口总数也不过五六十万。但是，它在全国抗战中所处的地位，所负的责任，是非常重大的。因为它是全国抗日的比较先进的地区，是保卫整个西北的有力支点之一，是团结西北民众抗战的模范区域。所以我们早就预见到敌人迟早一定要用极残酷的手段来进攻边区。如果我们能坚持保卫边区的抗战，不让敌人能够占领边区，便可牵制敌人很大力量，不能南下进攻武汉，不能夺取整个西北，达到其控制西北，截断我西北国际要道的企图，更不能利用陕甘宁边区的失陷，去动摇破坏全国抗战的团结与抗战到底的方针。所以坚决保卫边区的工作，也就是与保卫西安，保卫武汉，保卫西北，保卫全中国不可分离的工作。

我们要坚持边区的抗战直到争取全国抗战的胜利。我们对于"抗战到底"与"抗战必胜"具有绝对的信心。同时也不忽视抗战当中可能发生的许多困难，而造成轻敌的错误。这些可能遇见到的困难如：

一、首先是战争的长期性质，因为我们是一个半殖民地军事技术落后的国家，去同一个具有强大近代武装的帝国主义国家作战，暂时的部分领土之丧失、重要海口的封锁，是不可避免的。我们只有在全国持久抗战中，去消耗敌人的有生力量与物质力量，以至最后击败敌人。边区抗战是全国抗战的一部分，无可否认的，也要遭受着长期抗战中的许多困难。

二、日寇有可能利用其机械化部队，占领边区几条公路和几个城市，将边区分隔成几块。或由山西、绥远、宁夏及渭河两岸，采取大包围封锁战略。虽然目前鲁南、晋南、绥西抗战的胜利，暂时打击了敌人进攻边区的企图，但敌人进攻边区的上述危险，是依然存在的。

三、西北广大地区中有一些地区是蒙回民族的区域，日寇故意挑拨蒙回民族对汉族的仇视与冲突，企图使蒙回族与汉族分离，而达到其破坏汉蒙回被压迫民族的抗日联合战线。这使我们在保卫边区的任务中，同时还要争取蒙回人脱离日寇欺骗影响，而与汉人联合起来去抵抗汉、蒙、回族的共同敌人——日本帝国主义。

四、同边区邻近各县的政府、军队、民众运动工作，还存在许多的弱点，不能适应今天战争的需要。政府与人民间，地主与农民间，还存在着许多不应有的冲突现象。广大民众，还没有很好的组织起来，武装起来，拥护政府军队参加抗战工作。

五、在长期抗战中，由于边区地瘠民贫，影响我们的粮食和经济，会发生极大的困难。

虽然我们在保卫边区的持久抗战中可能遇见上述的许多困难；但我们有着传统的艰苦奋斗的作风，能够不畏任何困难，能够战胜一切困难，而且我们今天保卫边区的抗战，还具备着许多比过去国内战争时期更好的，更顺利的条件。这些条件如：

一、首先是这次战争的性质是民族革命的性质，所以它的社会基础，包括一切不愿当亡国奴的阶层，它的抗战地域，包括整个的全国。我们边区的抗战有着全西北全中国的共同奋斗，而不是孤立无援的。

二、是边区有着民主的政府与进步的军队，这里的政府军队和人民是紧密的打成一片的，这里的民众有着高度的民族觉悟，过着长期的组织生活，他们早就团结在各个抗敌群众团体之内（如抗敌后援会、工会、青年救国会、妇女联合会、农民会、文化界救亡协会等），早就建立自卫军少先队等武装组织，并具有丰富的游击战争经验。这里有着不怕困难，不怕牺牲，最忠实于中华民族解放事业的共产党的坚强堡垒。这里有着便利开展游击战争的山地。这里的抗战动员工作，是比全国其他区域更容易进行。因为第一，它是倚靠各种群众组织，从政治上去宣传鼓动群众自觉的积极起来参加，而不是单纯采用行政办法，一纸命令，去强迫群众执行，所以不会使群众有恐慌逃避现象。第二，是广大民众早就得到抗日的言论、集会、出版自由与武装自由，早就组织起来，武装起来，所以不会有"急时抱佛脚"的慌乱没办法现象。第三，是政府在抗战中对于民众生活仍十分关心，虽在极困难的条件下，仍注意保障他们必需的物质生活与提高他们的文化程度。特别是对于抗日军人家属，更切实优待，不使其感到困难，所以壮丁皆放心踊跃上前线。由于以上的良好条件，使得边区民众处在今天战争严重威胁下面，并不如别的区域发生惊慌逃亡现象，试拿黄河东西两岸的情形作一对比：在黄河东岸的村镇，敌军未到已逃亡一空；在黄河西岸的群众，任敌人炮轰如何厉害，仍沉着镇静的协助守军参加抗战工作。

三、敌人深入到西北和边区之后，有不可克服的困难。边区山岭丛迭，崎岖险恶，机械化部队与飞机大炮威力，均难发挥；而我们的轻武器反而可以到处发挥极大力量。再则，边区既不出粮，寇深入之后，给养问题，也成为不可克服的困难。即令敌人占领了某条公路，或某几个县城，而在我广泛民众游击战争包袭击之下，更配合主力军的运动战及阵地战，使敌人遍地受敌，昼夜不安，攻击不得，休息不得，人地两生，如入迷途，终必为我歼灭。若果敌人是利用伪军进攻，在"中国人不打中国人"的口号之下，在"汉蒙回民族联合抗日，实现汉蒙回民族解放"的口号之下，是可以宣传伪军瓦解的。日寇在长期侵华的战争中，他的困难将日益增大，财政的破产，资源的缺乏，兵力的消耗，下层的反抗，外交的孤立，都足以致敌人于死地。

从上述一切优越条件，使我们坚决相信能够克服任何困难，能够进行持久抗战，能够争取最后胜利。今天我们保卫边区的方针，在军事上，是要预见到战争之长期性质，要发动广泛民众游击战争去配合主力军的运动战，来坚持边区的抗战，来保卫西北，保卫全中国，一直到争取全国抗战的最后胜利；在政治上，边区争取抗战胜利的方针，是要更加努力去巩固和扩大抗日民族统一战线，边区的抗战不是孤立的，不是只管自己的，而是要努力团结全西北人民共同奋斗。我们的口号不只是要提出"全边区人民动员起来打日寇"，而且要"全西北人民联合起来打日寇"，"西北各民族联合起来打日寇，争取各民族的自由独立"，"坚决为保卫边区，保卫西北，保卫全中国而抗战到底"。

二

现在具体说到我们在过去一月怎样进行抗战动员保卫边区的工作：

一、我们非常重视政治宣传的作用，一切抗战动员工作之能否完成，全系于我们的政治宣传工作是否深入。我们坚决反对一切不经过政治宣传的强迫命令动员群众办法，所以我们保卫边区的紧急抗战动员，首先是在干部中、党员中、群众中，做一番极深入的政治鼓动工作（经过一切党与群众组织的会议，采用口头的，文字的各种宣传方法，如标语，传单，小册子，演戏，歌咏，宣传队，演讲会，座谈会等），使每个人都清楚明白目前边区的直接抗战形势；明白敌人一定要进攻边区，而且已经在进攻；明白保卫边区在全国抗战的重大意义，我们要为坚决保卫边区而抗战到底，直到争取全国抗战的最后胜利。我们要清楚了解抗战必胜的前途，坚定抗战必胜的信心。我们要清楚认识现在已是战争的时候，许多和平时期的工作与作风，完全要转变为适应战争时期的工作与作风。我们要坚决扫清一些麻木不仁的太平观念与自由主义不负责任的倾向；要坚决反对一些惊慌失措，没有完成任务信心的倾向；同时，也反对一些疏于准备的轻敌观念（以为在过去更困难的内战条件下，我们都有办法，日寇更不足畏，因而怠忽了新形势下的许多必要工作）。我们要发扬过去艰苦奋斗的作风，不怕任何困难，并相信能克服一切困难。我们要在以上的政治鼓动中，把每个边区人民，无论男女老少都动员他积极起来，参加保卫边区的抗战工作，把他的一切能力，一切东西，都贡献于抗战，都为着争取抗战的最后胜利。而每个共产党员，更应在一切抗战工作中积极起模范作用。为了实现以上的宣传任务，我们曾编印了宣传大纲和许多宣传材料，召开了党政军群众团体的各级会议，周密的从组织上去详细传达与动员。并利用各种纪念节与群众大会（如三八节妇女代表大会，三一二孙总理逝世十三周年暨追悼抗敌阵亡将士大会，三一八化装宣传大会，各县自卫军检阅大会，公审汉奸大会，以及其他各种群众晚会），各个群众团体的宣传队，去扩大抗战动员影响；边区民众抗敌后援会，最近更特别组成两队战地服务团，分赴两延、榆林、三边一带去增强这些区域的抗战动员宣传。

二、所有边区党、政、军、群众团体的组织形式及工作方法都已适合于战争的情况而改变。要看到战争会使边区各地有着不同的情形；有些是已经与敌人直接作战的区域（如吴堡、延川、帅府等沿河各县），有些暂时还是在备战区域（如延安、安塞、安定、保安……各县），某些地方又有可能会一时成为敌人占领区域，并且还有可能将某些区域暂时同其他区域隔断。我们要根据这种实际情况，来划分区域，来决定战时的组织，来决定战时的工作，来配备干部。在可能成为敌军占领的区域，事先就要准备秘密工作的干部，与秘密组织。在可能被敌人截断的区域，事先就要在该地配备能独立领导的干部。在已经直接抗战的区域，要有能够领导民众游击战争的干部；要安置群众平素信仰的领袖。要撤换一切不适宜于战争工作的干部；要由党政军群众团体领袖，共同组织军政委员会以集中领导。党政军群众团体的成员与领导机关，都要军事化，都要与武装部队亲密联系，准备于必要时随部队行动。所以领导机关又要缩小组织，要简单精干，要灵活机断，才便于领导抗战。在上述任何区域，任何部分的工作，都要向着一个中心目的，就是"一切为着抗战，一切服从抗战"。凡足以增强抗战力量的工作，应当努力实现；凡是足以损害或减弱抗战力量的事件，应当竭力避免。要抓住当前的紧急中心工作，不要把平时工作与战时工作，不分轻重缓急地一例去处理。

三、在军事上，我们在沿河神府三边一带，已有周密的布置，我们已经击退了炮轰宋家川的敌人，为了迎击日寇的继续进攻，我们的战略，是在坚持长期的抗战中，去消耗敌人力量，直到最后完全将其歼灭。所以一定要全边区人民，都武装起来，配合军队作战。要扼守隘口，并作运动防御；要动员群众与游击队四出袭扰敌人。要采用腰击，侧击，占领要点用手榴弹轰掷与尾追截击方法，去消灭敌人。要极力阻止敌人的前进，争取时间来准备新的抗战力量。要使敌人每占寸土，都费很大的代价。要在敌人进占地区的坚壁清野工作做得很好，彻底破坏敌军前进道路与渡口，破坏可资敌用的一切东西（注意：在敌人还未能进占前，不要过早破坏，使自己受损失）。务使敌人进无所获，立足困难。又要在敌人进占区域善于掩藏我们的人、畜、粮食，避免敌人的残酷屠杀。要能实现以上的任务：（一）首先要巩固加强保安队的工作，注意他的成分的纯洁，他的政治训练与军事训练之提高，他的领导干部之忠实可靠。（二）是自卫军、少先队工作加强起来，武器配备起来，切实执行警戒、盘查、放哨工作，并能随调随动，配合军队作战。自卫军、少先队的人数虽已达××万，但还应扩大，并特别注意基干自卫军的整理工作。（三）要极力让群众及士兵懂得如何实行抗日的民众游击战争，如何实行坚壁清野，如何防空防毒，如何会喊几句日文口号，或散布日文标语传单，去瓦解敌人军队。（四）要与友军取得密切的联系，在统一的作战计划、统一的指挥之下，共同坚持抗战。（五）决定于五卅纪念日举行全边区的地方武装总检阅（保安队、自卫军、少先队、儿童团等），来检阅我们边区民众抗战的真实力量，来向日寇进攻边区作盛大示威。

四、要更加提高全边区人民的政治警觉性，坚决进行剿匪锄奸工作。每个边区人民，都要清楚认识我们边区是处在战争的环境中，是抗日最有力的先进地区，是日寇最切齿痛恨的地方。日寇一定要来进攻边区，一定要收买一般最卑鄙无耻出卖民族利益的汉奸，托派潜入边区来进行各种破坏、暗杀、造谣、捣乱工作。一定要收买一般土匪作他进攻边区的别动队。最近我们在部队中，已查出一些秘密潜入来组织哗变逃跑的分子；已捕杀冒充八路军，破坏国共合作、破坏蒋委员长威信，为日寇侦察绘图的汉奸吉思恭，已发生防空洞私埋炸弹伤人的惨剧；已探知敌人将在边区散布伤寒病菌的阴谋，这都是汉奸活动的事实。在一切汉奸之中，托派汉奸的两面派破坏手段，更为阴险毒辣。应该把反托派汉奸的口号与注意，提得很高。应该加紧发动群众协助政府进行锄奸工作，应该更加要严密我们的各种组织，更加巩固我们的内部团结和民族统一战线；应该对每个地方，每件事情，更加严密警戒，才能使汉奸托派的一切造谣、欺骗、挑拨、离间、暗杀、破坏伎俩不能施展；才更容易迅速发觉这些丑类的活动，迅速将他扑灭。最近，正当日寇军队向我边区进攻时，宜川和庆环等地也有大股土匪同时向边区境内进扰，很明显的是完全在日寇指导之下与日寇进攻配合的。这些大股土匪，都以邻近友区为他的藏身之所。我们应该坚决肃清这些日寇嗾使的别动队，应该与友区的军政领袖协商，共同将之剿灭。若迟徊容忍，一定要受大害。

五、全边区的一切的民众团体，如抗敌后援会、工会、青年救国会、妇女联合会、农民会，文化界救亡协会等，都已使他们的组织形式及工作方法，完全适合于今天战争的环境。在今天，是抗战高于一切，一切为着抗战，一切服从抗战；在今天，全边区一切民众团体，都要尽力去动员全边区人民来参加抗战工作，来帮助政府军队作战，帮助政府军队组织担架队，运输队，缝纫队，洗衣队，看护队，救护队，慰劳队，锄奸队，护路队，破坏队及修筑工事，征募战士，收集军需用品，供给军队粮食，安插伤兵难民，以及盘查、放哨、警戒、侦察、剿匪、锄奸等工作。一切民众团体都要动员他所有组织的力量，来保证以上一切抗战工作之顺利进行与完成。

在上月敌人攻到黄河边上时，最紧急的动员问题就是运输问题。这一任务落在延川、延长、固宁三县的民众身上。我们经过自卫军组织系统去动员，经过一番政治宣传之后，立刻请来了四十多名运输队与一千多匹驴马，他们都是在自卫军的营连排长指导之下，很有组织的很快的完成了任务，而且还帮助了绥远先遣队的运输问题。在延安、志丹、安塞、庆环、三边等地也曾动员了大批的运输队，都像两延一样超过预定额数与期限的完成任务。这证明边区民众是如何踊跃的参加抗战动员工作，并且因为平素有很好的组织，更能够保证抗战动员工作非常顺利的进行。

六、虽然陕甘宁边区今天已是直接抗战的环境，但是在可能范围内的经济文化建设工作，特别是与抗战有关的经济文化建设工作，我们还是积极进行。目前正是春耕时期，我们仍在各县加紧进行春耕运动，坚决反对那种借口抗战紧急而完全忽视春耕工作的倾向。因为我们的抗战，是长期性的，为了保证长期抗战粮食的供给，更应注意春耕工作做得很好。现在春耕工作中最严重的问题，就是边区耕牛瘟死了二千五百头如何补充？许多县的农民缺少种子，抗属土地缺少劳动力如何解决？边区建设厅已协同西安省政府呈准蒋委员长，在陕北举办农贷二十万元，我们正组了农民利用农贷去解决耕牛问题，并组织义务耕田队，妇女生产小组，儿童老年杂务队等去解决抗属劳动力问题。关于文化建设方面，边区教育厅原订本年将小学由五百所增至七百所，学生由一万人增至一万六千人，并没有因战事而停止进行。在上月新成立的高等小学校，已有七所。延安民众教育馆的工作，也因抗战宣传之加紧而更活跃起来。

七、战时的财政经济问题是边区最难解决的问题。因为边区是贫瘠的地区，不仅日用工业品缺乏，就是粮食也很少，在长期抗战中，这种困难将更增大；但这并不是全无办法克服，我们有多年艰苦奋斗的经验，过去已经克服过了一切困难，相信将来也能克服一切困难。在财政政策上，是基于有钱出钱、有力出力、有粮出粮、有智识出智识的方针之下，去动员一切人力、物力、财力供给抗战。再则战时可能实行的工业建设（如延长石油）及农业建设（如修水利扩张耕地等）仍极力进行。

八、虽然敌军还未进入边区，但我们已开始在群众中提出宣传敌军工作。我们告诉群众：无论对于日本士兵和蒙伪军，都要尽力用宣传方法去争取他倒戈过来，与我们联合抗日。要优待俘虏。我们并极力教会群众能写日文蒙文标语，能喊日文蒙文口号，这在将来与日寇作战时，是有极大作用的。

九、最后而且是最重要的，是我们的任务决不只限于保卫边区，而是要团结全西北人民（包括各民族）的抗日力量来保卫整个西北，保卫全中国。所以要努力去巩固与扩大统一战线工作：（一）是要与邻近边区的政府军队和地方部队建立亲密互助的关系，联合他，推动他，坚决实行抗战，坚决肃清土匪。如果该项部队的情绪不好，与群众关系不好或有何困难问题时，应诚恳的帮助他巩固部队，改善部队与民众的关系，帮助他解决一切困难问题。要同他在军事上取得适当的配合行动，要帮助他成为坚强有力的抗战部队。我们住在邻近友区的党员，应该去发动群众来拥护当地政府军队的抗战，应尽力调解政府与民众间的关系，使不受日寇托派汉奸的挑拨，走向冲突。所有一切民众团体与民众运动，都应该是公开的，合法的活动，都是拥护政府军队抗战的，都应该按照同类性质统一起来才更有力量，并应该适合战争的情况，能随机应变。虽然过去我们与某地方的友党，友军，友区政府间，还存在一些摩擦的事件，但我们应在基本上看到他们是主张抗战的，他们是不愿中国灭亡的，因此他们是会需要联合共产党与动员全体民众来帮助政府军队抗战的。所以在今天大敌压境的时候，我们诚恳的联合他，帮助他，是可以使双方关系弄得更好的。（二）是在战争的情况下，会有许多的友军或伤兵难民经过边区或到边区来。我们应尽力发动群众，帮助他解决运输、粮食、担架、救护等问题。要在物质上与精神上，鼓舞他们坚决抗战的情绪。又要我们的八路军留守部队，或边区地方武装，在战事的需要下开入邻近友区时，他的一切行动，都要取得当地党政军的协商同意，就是在敌人占领而又为八路军或边区地方武装收复的区域，如果旧县长已不存在，临时组织的政权，也还是要能巩固统一战线的，以后并仍要请示该县原属的上级机关来领导。我们应该让全国人民从这些事实更清楚的认识边区的政府，边区的军队，是巩固全国统一的模范，是真正拥护与服从中央政府领导的，以此来粉碎日寇、汉奸、托派挑拨离间，破坏国共合作，破坏民族统一战线的阴谋，更加能巩固全国团结，争取抗战最后胜利。（三）对于蒙回民族问题，我们是要努力消除过去蒙回民族对于汉族的仇视，要努力争取蒙回民族不受日寇欺骗利用，亲密与我们联合抗日。这里需要我们的友党和中央政府，及西北方面的高级军事领袖，能够更清楚的理解蒙回民族要求解放运动的事实，切实的采取许多办法去帮助内蒙民族真正获得自治权利，并尽力想法去化除回汉民族间有长期历史的互相仇视，才能真正争取汉蒙回民族亲密联合抗日。

（原载《解放》第三十五期，一九三八年四月二十日）

坚持华北抗战中之"人民武装自卫队"

（一九四〇年一月二十五日）

今天我们所进行的民族自卫战争，是全民族争生存的战争，没有全民族的一致动员与武装，要获得彻底胜利是困难的。尤其在华北的战区和广大敌后方，更需要广泛组织群众，武装群众起来参加抗战，辅助军队解决一切战时的动员问题，并实现群众的游击战争，配合主力作战，才能坚持华北的抗战，才能在敌后创立广大的游击区与根据地，以缩小敌之占领区，并成为我军将来反攻中之前进阵地。人民武装自卫的组织，有许多种类（如游击队、自卫队、游击小组、民团、联庄会、保甲壮丁队等），而今天在华北最普遍的，最适合于抗战需要的则是游击队、自卫队、游击小组三种组织。这三种组织，各有其特殊的作用，同时又是密切相关的。不仅在执行任务上，需要密切配合，而且在组织上，自卫队可以发展成为完全脱离生产的游击队，自卫队又可以组织起许多游击小组活动。自卫队在华北许多地区，是一切群众团体中最先组织起来与最大而又最有组织性的群众的组织，他拥有几百万按照军事编制能随时调动的队员，他是一个非常巨大的有组织的力量。他的主要任务是：（一）保卫后方社会秩序，维持地方治安；（二）使战时许多动员工作（如担架运输、拆城、破路等）可以更有组织的更顺利的去执行，他是能够实现群众游击战争的主要基础；（三）他是正规军与游击队补充的主要来源；（四）他是保卫群众利益、保卫群众团体、保卫地方政权一个主要支柱。本文只专就华北自卫队的组织及工作，加以介绍。并对华北自卫队在组织及工作上所发生的一些问题加以检讨。

一、华北各地自卫队如何发动组织起来的

今天华北各地的"人民武装自卫队"都是在抗战以后，才发动组织起来的。因为在抗战发动后，老百姓都痛感到敌人侵略的残暴，溃兵土匪的骚扰，他们的生命财产已不能单靠军队政权来保护，要靠自己实行武装自卫。同时抗日部队，也需要广大民众自己武装起来，担负维持治安，担负许多战时动员工作，并实行群众游击战争，辅助正规军作战，才能战胜强大的敌人。华北各地的自卫队，便在这种情况下，风起云涌的组织起来。自卫队在一般开始组织时，多是由共产党地方党部，八路军工作团，或进步的地方政权、动委会、牺盟会和其他抗日群众团体的号召与帮助发动起来。他们能够把握住群众的心理的要求，用保卫家乡、田园、土地、妻子、生命、财产的口号，用维持后方秩序的口号，去造成群众加入自卫队的热潮。现在凡是在有八路军的地方，有进步军队与进步政权的地方，如冀察晋边区、冀中凿南、晋东南、山东等地，都各有数十百万的自卫队组织。以冀察晋边区为最普遍，已经达到凡年满十六岁到四十五岁的青年壮丁，都加入了自卫队。

自卫队的组织，一般的经过以下过程：第一步是采取自愿参加的方式，完全靠政治动员工作的深入，去说服群众自下而上的组织起来。更由于群众在抗战中的普遍觉醒，然后达到第二步使自卫队变成一种义务制。即是凡达到一定年龄的人民，都须编入自卫队，受一定的训练，参加一定的工作。华北各地的自卫队，凡是经过以上过程发展起来的，比

较巩固。凡是一开始就按义务编制，不靠政治动员之深入，而靠自上而下的命令去进行者，其表面人数虽多，亦徒具形式，不起作用。

在我们去发动组织自卫队时，并不是没有遇着什么阻力的，而且有许多阻力是相当的大。只在不屈不挠的克服这些阻力之后，自卫队的组织，才顺利发展起来。首先是要克服敌人汉奸在群众中散布的恐日心理，与一切破坏抗战的投降妥协活动。其次是要说服某些地方军政长官改变害怕群众武装，不要群众武装，或者是对群众武装实行限制与统制的观念，那是不能发动广大的群众游击战争，来配合军队抗战的。其三是要克服土豪劣绅顽固分子对于自卫队的各种破坏工作。他们基本上是反对群众武装，在他们统治地区，是不允许有自卫队组织的，或者把自卫队变成官办的有名无实的东西。在他们力量较弱的地区，便造作各种谣言来阻止群众加入自卫队（如说"加入自卫队要当红军"，"加入自卫队要被拔当兵"以迎合农民怕当兵怕离开乡里的心理），或者组织会门来与自卫队对抗，或者打入自卫队内部来施行瓦解工作。各地只在克服这些阻力之后，自卫队的组织才得到顺利的发展。

二、自卫队的性质编制及领导

第一、我们把自卫队看成是一种不脱离生产的，半军事性的群众组织，他同一切群众团体一样，有自己组织上的独立性。第二、队员资格，一般规定，是凡年满十六岁到四十五岁的男女，只要不是汉奸，都可加入。在冀南和晋东南某些地区，也有规定为十八岁到四十岁的。第三、自卫队的编制，县设总队部，区设大队部，乡或几个村设中队部，其下再划分分队与班的组织。第四、自卫队各级的队长及政治指导员，应该是由自卫队本身民主选举出来的。第五、妇女自卫队，一般的都是另外编队，不与男子在一起，更适合于农村落后的环境，及更适当的分配妇女工作。第六、冀察晋、冀中，又在十八岁到二十三岁的自卫军中，号召他们编为青年抗敌先锋队，在二十三岁以上的自卫军中，号召其中积极分子，编为模范自卫队；使在受训练与担任工作上，都成为一般自卫队的模范。晋东南、冀南的基干自卫队，也就等于模范自卫队。最好的模范自卫队，战时要达到能够临时脱离生产，进行游击战争。第七、每个自卫队员，要有一件武器，每个模范自卫队员，要有一件精良武器，没有火器也要有刀、矛。第八、自卫队须接受当地政府（经过各县政府的武装科，或动委会的武装部）及当地驻军的领导；但他在组织上是独立的。第九、自卫队与群众团体的关系，在组织上是各自独立的，在工作上是互相协助的，各群众团体帮助自卫队之巩固与扩大。自卫队员有保卫各群众团体的任务。特别是妇女救国会，应该多帮助妇女自卫军的工作。青年救国会，应该多帮助青年抗敌先锋队的工作。第十、为提高自卫队的军事政治知识，使其能很好的执行其任务，设立自卫队干部训练班，使自卫队的各级干部都受过一定的政治军事训练。一般自卫队员的训练，应该是或三日或五日经常集合进行，时间按农事闲忙而伸缩。并实行检阅竞赛办法，以提高自卫队的学习情绪。

三、关于自卫队组织问题上的争论

在自卫队的性质及一般组织问题上，我们是采用上面所说的办法，但是过去在华北某些地区，曾有主张用"国民抗敌自卫团"来代替"人民武装自卫队"的，我们对于名称问题，并不坚持，如在晋西北、晋西南、山东某些地区，共产党员与八路军所帮助发展起来的民众武装，均称"自卫团"，而不一定要称"自卫队"。只在如何使自卫团真正成为广大人民的武装组织，真正能负起保卫后方社会秩序，帮助军队动员工作与开展群众游击战争的任务上，对于自卫团的组织原则，有不同的意见。

第一、按照"国民抗敌自卫团"一般的组织法，自卫团是完全附属于政权的东西，不承认自卫团的群众团体性质与自卫团组织的独立性。允许自卫团的各级队长、政治指导员，由自卫团本身选举，而完全由各级政府官吏兼任。比如省主席兼省自卫团总司令，县、区、村自卫团的司令或团长，均由县长、公安局长、区长、村长兼任。事实上县、区、村长忙于本身工作，无法兼顾自卫团工作，使自卫团等于虚设。第二、他在开始组织时，并不注意进行深入的政治说服动员工作，而只是用行政命令，将合格年龄的人编制起来就是。于是许多地方，只有自卫团的名册，实际并没有自卫团的组织与工作。第三、这种官办自卫团的主要作用，一是便于支差，二是便于拔兵；他不能发扬群众自动性、积极性与创造性；相反的，他限制压抑群众的抗日活动，所以就是支差拔兵工作也做不好。第四、这种官办的自卫团，其一切用费都要由政府财政开支，数目相当浩大。我们曾以冀察晋边区来作估计，若照所规定的支给，则单是冀察晋边区，每年就需多开支三百余万元。因此，我们不能赞同这样的办法，我们坚决主张自卫队或自卫团，应该是不脱离生产的，半军事性的民众武装抗日组织，而不是官办的。他在政治上、军事上须要接受当地政权与驻军的领导；但他的组织，应当是独立的。他的干部，应当是民主选举的；他的干部的生活，应当同其他群众团体干部的生活。这样才能使自卫团成为真正广大群众的武装组织，真正能负起保卫后方社会秩序，帮助军队动员工作，与开展群众游击战争的主要任务。

四、自卫队如何执行他保卫后方社会秩序的任务

站岗、放哨、锄奸、剿匪、缉私、缉毒、追捕逃亡……这一切保卫后方社会秩序，维持地方治安的工作，无论在平时还是战时都非常重要。这些工作，如果单靠军队是不能做好的，而且军队要用于正面作战，力

量也顾不过来。只有自卫队能将这些工作完全担负起来，而且可以做得很好。这些工作是各地自卫队最基本的任务。站岗、放哨，各地自卫队一般都能执行，并且创造了些新的工作方式：如冀察晋的山头哨（遇有警报马上由一山头传给另一山头），夜间会哨、巡逻；晋西南的连环哨、明哨、暗哨；各地普遍有日夜哨。沿大路村庄均有哨所，不持路条者，即不能通过。在战争时，岗哨更特别加紧。必要时实行全村，或全区、全县临时戒严、大检查，使汉奸无法藏留活动。由于岗哨的严密，有许多汉奸、私商、毒犯、逃兵，都被自卫队扣获。如任邱一月内捕获汉奸二十余名。曾有武装汉奸，伪装夫妇，被自卫队派人暗随，终于将其破获。对于行迹可疑的人，虽持有路条，亦能告诉下村注意。阜平、平山、灵台一带，逃亡者绝难通过。定县九一八实行三日大戒严，捕获汉奸七名。这种临时戒严检举办法，各县在战争期间，都在普遍采用。平山青抗先实行五次清查户口，收到很好成绩。在工作深入的地区，妇女、儿童站岗放哨，都能尽责。冀中私商偷运棉花粮食出口，很少不被自卫队截获的。

五、自卫队如何执行他帮助军队战时动员
工作及配合作战的任务

各地自卫队帮助军队担架、运输、带路、送信、侦察、联络、拆城、破路、坚壁清野工作，都有很好成绩。冀察晋在每次战斗，都有大批担架等候使用。运输的动员，如平山一次动员二万三千人为军区搬运物品。阜平在反围攻中，曾动员了七万人从冀中搬运东西，通过敌人封锁线，没有甚么遗失。因为自卫队是半军事性的组织，所以在这些动员工作中，能迅速的调动集合，能有组织的执行任务。在大龙华战斗中，由于自卫队的侦察、联络工作做得很好，把敌人的一切动作，均详细的报告主力

军，成为我们取得胜利的一个重要原因。拆城破路工作，在河北、山西一般进行得很好。特别是在冀中、冀南广大平原地区的城墙，都已拆平了，并用新的沟道代替原有的道路，克服了平原地区游击战争中地形条件的一些困难。这是一个伟大的工程，而这工程，主要是靠自卫队有组织的力量完成的。坚壁清野的工作，也因有了自卫队更能有组织的去进行。自卫队在执行上述各种工作时，一般的都能经过政治动员，自动而热烈的进行。

各地的模范自卫队，或基干自卫队、青抗先，与由自卫队所组织的游击小组，在战时多可以暂时脱离生产，进行游击战争，配合军队作战。有不少英勇的例子，以冀察晋边区为最多。如平山青抗先，在敌进攻灵台、陈庄时，××区抗先中队长，紧急集合一个中队，随带土枪、土炮、手榴弹，到敌人经过的山头埋伏，敌人到时，激战二三点钟，未能冲过，待八路军赶到，给敌很大杀伤。在阜、曲、完、唐一带，青抗先配合作战八十余次。涞、阳、易等县配合作战二十余次，在敌攻占洪子店时，满山满谷的自卫队，踊跃助战，使敌人仅占领一小时，即怆惶退出。敌人进攻阜平时，城乡模范自卫队长，亲自入城打探敌人消息。模范自卫队第一大队一分队，夜间破坏敌电线八十余斤。吉来庵村游击小组，在青沿北山岗上掷放手榴弹，扰乱敌人。魏家峪游击小组，用土枪扰乱在王快的敌人，使敌彻夜不安，乱放枪炮。冀南民众久经军阀战争经验，许多农民自卫队员，并不害怕上火线，他们不仅冒着枪林弹雨给前线战士送水送饭，而且有的让战士休息吃饭，而自己持枪应战。××村的自卫队，在自动的进行过若干次游击战争后，全部加入了正规军。山东的自卫队，有很多枪支，在收复蒙阴战斗中有五百自卫队参加。在抱渎岗战斗中，敌人辎重受自卫队包围，缴获大米七十余包。自卫队在掩护民众退却，与武装保护秋收中，也有不少英勇的例子。不过这种自卫队直接配合作战的情形，今天还多只限于自卫队中最积极的一部份（青抗先、模范队、游击小组），还需要努力扩大到普通自卫队去，才能更加扩大群众的游击战争，并准备当根据地转为游击区时，所有游击区的自卫队都能成为不脱离生产的游击队。为了使自卫队从战争中得到很好的锻炼，提高其直接参战的情绪，正规军在每次战斗中，应很适当的分配给自卫队以力能胜任的任务，不使之遭到大的牺牲。要用带徒弟的方式，使模范自卫队、青抗先，以至普通自卫队，都能达到独立进行游击战争的目的。

六、自卫队如何执行他成为游击队正规军补充来源的任务

我们需要正规军与游击队有源源不绝的补充，需要达到实行义务兵役制，才能支持长期残酷的战争。但由于农民政治认识的落后，地方家庭观念的浓厚，怕出远门与怕当兵，这不是强迫拉来可以立刻改变的。我们不赞成某些地区强拉强派的办法，因为这种强拉强派的办法，必然被一般贪官污吏利用去更加扰民。这种强拉来的新兵，必然要发生大批逃跑现象。我们今天动员新战士参加正规部队，一般的采取了以下三种办法：一是完全靠政治动员的深入，说服群众直接参加正规军队。二是估计到农民不愿离开乡里的心理，先动员他加入地方游击队，或地方保安队；再逐渐提高其政治认识，过渡到正规部队。三是从发展自卫队，去达到全民武装，与义务兵役制。这是我们基本的方向。

从自卫队要达到全民武装与义务兵役制，也不是一件容易的事。我们在华北是想从以下工作过程去达到：

第一、各地自卫队组织，一般的都是先经过志愿的，再过渡到义务的。

第二、又在普通自卫队中，动员其积极分子加入模范自卫队（或基干自卫队）、青抗先和游击小组。加强他们的政治军事训练，由正规军带领他们练习作战。再从实际作战与集中训练的机会，动员他们个别的，或整个的加入游击队与正规军。在平山、完县、行唐、曲阳、阜平、涞

源一带，都有青抗先整队加入游击队与正规军事实。

第三、在冀察晋边区今天更进到经由青抗先与模范自卫队，建立"民兵制度"。这种民兵，在平时仍是不脱离生产的。但一到战时，应该是随时可以动员起来参加战斗。要能做到差不多相同于实行征兵制国家中的后备军。民兵的组织形式，仍采用模范自卫队与青抗先两种形式。只是更加强其政治军事的训练与战争的锻炼，加强与提高其干部的质量，改善与充实其武器的配备。民兵的年龄标准为十八岁到三十五岁，约占全人口百分之十五。冀察晋边区有千万人口，便有一百五十万人合乎民兵的年龄。今天冀察晋边区提出为建立百万民兵而斗争，不是一个夸大和宣传的口号，而是一个实际的战斗任务，正努力向这个目标迈进。

在华北某些地区的政权及驻军，也努力使自卫队或自卫团，成为正规军补充的来源。但他们不注意农民的特性，不加强政治动员工作，不采取我们上面所说的一切必经步骤，只是简单用强迫命令去改编补充，必然引起群众的惊惶逃避，这不仅破坏了自卫队的发展，同时正规军也不能得到很好的补充。

七、自卫队如何执行他保卫群众切身利益，
保卫群众团体的任务

自卫队是广大群众的组织，所以他除了参加抗战工作外，还负有保卫群众切身利益，支持群众团体的重要任务。过去各地自卫队在"抗日高于一切，一切服从抗日"的原则下，曾经为了自身的利益，进行过一些合理的斗争，如晋东南自卫队发生过借粮运动与反贪污的斗争，晋西南自卫队发生过要求减租减息运动，山东蒙阴沂水自卫队，发生过要求实行合理负担及反贪污斗争，晋西北自卫队，发生过要求减租减息及实

行合理负担的斗争。由于自卫队是半军事性的群众组织，所以在这些斗争中，显示出他比一切群众团体更有组织，更有力量，更易遭到顽固分子之仇视，诬蔑这些要求为"民众造反"。但这些要求，完全是符合于抗战建国纲领；符合于孙中山先生的三民主义精神；符合于团结抗战利益的。自卫队不仅可以，而且必须进行这些保卫群众利益的斗争，只有如此，才能使群众更踊跃的参加自卫队组织与一切抗战工作。

在今天群众的利益与群众团体，比起任何时候都更需要自卫队力量的保卫与支持。因为华北是处在长期残酷的战争环境中，经常遭受着敌人的围攻与扫荡，经常有受暗藏的汉奸及顽固分子突然袭击的可能。群众团体没有武装自卫的力量，便很难继续保持他的组织与工作。所以群众团体应该尽力去帮助自卫队的巩扩大，一方面是增加抗战力量，一方面也是为了保卫自己，发展自己。

八、自卫队的整理与训练工作

自卫队在平时不加强整理与训练工作，是不能很好去完成其任务的。在自卫队工作最好的冀察晋，是能有计划的去进行政治军事训练。政治课本有"自卫队须知"，"青抗先须知"，"妇女自卫队问答"，"统一战线须知"，"锄奸问题"等。并附设有识字组，及读报组。军事训练有制式教练，游击战争常识，防空防毒常识，通讯破坏常识，并学习使用武器。训练时间都在早晨或晚间。定期举行会操检阅，采用竞赛方法。规定每个队员都必须有一件武器。特为自卫队各级干部开办训练班。模范自卫队的训练内容与时间，则较普通自卫队为多。在自卫队整训工作上易见的那种缺点：一是完全不注意整训，使自卫队成为有名无实。二是官僚主义的整训，不注意训练内容和顾及群众的生产劳动时间，使群众厌烦与不满意。这都是今后整训工作应当纠正的。

九、自卫队的巩固与扩大问题

华北各地自卫队工作，一般说有很大成绩，他是华北一切群众团体中，除农救外，最大而又最有组织性的组织；他是华北过去所没有的真正民众武装；他在坚持华北抗战中，已经起着非常伟大的作用。但是应该承认华北各地自卫队的组织与工作，还不够巩固与扩大。

第一、就已组织的地区说，还不普遍。就已组织的人数说，还不过占全壮丁十分之一。

第二、工作的深入程度，在各地区也是极不平衡的。冀察晋最好，但在某些地区便很差。表现在：有些自卫队组织还是抄名册的，还未实际经过编制与训练；还不是每个人都有一件武器；还没有完全实行自卫队各级干部的民主选举；还没有特别组织模范自卫队，以推进提高整个自卫队工作；还没有有计划的对一般自卫队员进行军政训练与培养自卫队各级干部。在保卫后方社会秩序与帮助正规军各种抗战动员工作中，还未能负起应有的任务。在使自卫队成为过渡到征兵制的桥梁，如冀察晋所行的民兵制，别的区域尚未开始。特别是自卫队应该从事保卫群众利益的斗争与成为保卫群众团体、支持群众团体的重要力量，尚未被自卫队及群众团体的若干干部所深刻了解。以至现有自卫队的组织及工作，尚不够适合今天抗战的需要。

在今天谁能更好的武装人民，谁便可以更好地去战胜日寇。哪个地方更好的武装了人民，哪个地方将可以更好的击退敌人的进攻。

（原载《八路军军政杂志》第二卷一期，一九四〇年一月二十五日）

华北游击队与民众游击战争发展的经验

（一九四〇年四月二十五日）

一、游击战争是实现全面、全民、持久
抗战必须采取的一种形式

我们今天所进行的战争的性质，是反对强大的帝国主义侵略的战争，是民族革命战争。列宁曾指出："要保证这种战争之胜利"需要"被压迫国内巨大数量居民之共同努力"，而游击战争，正是实现全面全民持久抗战必须采取的一种战争形式。他不是独立的与唯一的战争形式，因为游击战争本身不能独立的解决整个战争问题。但他是被侵略者兵力武器处于劣势地位时，必须配合采取的一种战争的形式，是全民武装参加抗战最适合的战争形式，而且在战争的特定阶段（相持阶段）与一定地区（敌后方），还会成为一个时期的主要战争形式。我党领袖毛泽东同志在其所著《论持久战》与《论新阶段》中，已经很清楚的指出发展游击战争之重要与发展游击战争所包含的一些具体问题。我在本

文，只就三年来华北游击队与民众游击战争发展的一些经验，提出来说说。

二、华北民众游击战争能够广泛发展起来的条件

首先是由于敌人是异民族，他所进行的战争的性质是帝国主义野蛮的侵略战争。他是在中国境内作战，周围都是对他怀着敌意的人们，他的残暴掠夺兽行，不能不引起当地居民的愤怒；他的兵力不足与兵力分散，不能不给中国抗战以许多可乘之隙。

其次是华北有着便利于开展群众游击战争的人力、物力、枪支及地形。华北有着将近一万万的人口，有着丰富的能够支持长期抗战的物产（如粮食、煤、铁、棉花、食盐等），有着二百万以上的民枪，有着有利于群众游击战争存在和发展的地形（有恒山、五台山、太行山、中条山、吕梁山、大青山、泰山等军事上险阻的地形，而河流的阻隔又比较少，极便于游击战争的自由回旋）。

其三，是华北游击战争的发展，有着全国抗战的配合，他不是孤军奋斗，他与过去东北义勇军的孤军奋斗大不相同。同时敌人也不可能充分实现过去内战时期对付游击战争的碉堡政策，因为地区太大，敌人兵力不足，是无从进行全部包围封锁的。

其四，是华北有着坚持抗战的共产党及其他友党友军进步力量。我党中央早在抗战前，及抗战开始时，就已指出抗战是长期的，指出敌后有广泛发展群众游击战争与创立抗日根据地的可能。号召华北党员，坚决留在敌后，去团结一切进步力量，团结全国民众，坚持敌后抗战。"共产党员的岗位应该是在最前线和敌后方。"华北的共产党员，是光荣的实现了党中央的号召。

其五，是保障华北游击战争能够胜利发展的，还有一个很重要的条

件，就是最富于游击战争经验的八路军，全部都在华北作游击战，他热心的诚意的帮助民众武装组织，并将自己的经验传给所有在华北作战的其他友军及新起的人民武装。这就能保证华北游击战争的胜利发展。

三、为组织抗日游击队发动民众抗日
游击战争所遇到的阻力

虽然蒋委员长于抗战开始时，就曾向全国人民号召：如果战端一开，就是地无分南北，人无分老幼，无论何人，皆有守土抗战之责任。虽然游击战争是实现全面全民持久抗战必须采取的一种战争形式，虽然华北有着能够广泛发展民众游击战争的许多便利条件，但当着民众要去尽他们"守土抗战之责任"时，并不是各地方都有这种抗日自由的。当着我们实际去组织抗日游击队，发动民众抗日游击战争时，并不是很顺利的毫无阻力的。这种阻力，主要是由于某些地方政权及某些友军的长官，他们或者是还没有深切明白蒋委员长所号召实现全面全民抗战的指示，把抗战只限于单纯的政府军队的抗战，而不要民众自动的积极的起来参加；或者是受自己狭隘的统治阶级利益观点所驱使，憎恶民众武装，恐惧民众武装，不仅不愿实现许多进步的办法，去广泛发动民众抗日武装，与民众抗日游击战争，而且尽力阻止民众组织抗日武装，破坏消灭已经组织起来的民众抗日武装。所以当着我们要实际去组织抗日游击队与发动民众抗日游击战争时，必须尽力说服那些对发动民众游击战争认识不够的人；尽力克服那些破坏阻挠民众游击战争发展，不许人民有尽他们"守土抗战之责任"的现象。三年来华北抗战的经验，教训了许多人认识民众组织与民众武装力量之伟大，某一个地方的政府和军队能够广泛去组织民众、武装民众，来参加抗战，他便能坚持当地的抗战。否则这个政府与军队，必然很容易被敌人击溃而不能在当地立足（除非他秘密和敌人妥协勾结，还可存在，但这不是本文所要说的问题）。同时当地的民众为了保卫自己的生存，为了不遭受敌人的残酷蹂躏，即令在敌人占领后，也终必奋起组织，奋起武装，进行英勇抗战。原来的政府军队不能保卫他们，他们自己起来保卫。原来的政府军队放弃了那些国土，民众自己起来收复。他们的斗争是非常艰苦的，然而他们是能够走向胜利的。结果失败的不是民众，而仅是那些不要民众参加抗战的人。

四、华北各地民众组织的游击队是怎样发动起来的

华北各地民众组织的游击队，绝大部分都是在敌人进攻，原来当地的政权驻军撤退，而敌伪新的统治，又尚不可能巩固的混乱时期，才开始发动起来的。当时敌占地区的情形是非常混乱与恐怖，民众已失掉了原来中国政府军队的保护，敌人的烧、杀、奸淫、掠夺行为，非常残暴。汉奸维持会助敌为虐。某些地方由前线消退下来的散兵，毫无纪律，其对民众之蹂躏，无殊于敌寇。土匪、地痞、流氓，也乘机起来大肆活跃，民众完全陷于无告状态。当时环境的特点是，一方面原来当地政权军队已经走散或已经无力保卫民众，同时也无力限制民众。另一方面，敌人只有很少的兵力，驻守沿铁路大道城市据点，统制力量也非常薄弱。他只能造成恐怖与混乱，还不能就造成安定的秩序。所以当时只要有坚决抗日的分子，能有办法出来领导民众抵抗敌人的蹂躏，抵抗溃兵土匪的骚扰，在抗日与保卫乡里，保卫父母、妻子、生命、财产、田园、土地的号召下，很快就能把民众团结起来，武装起来，广泛发展民众游击战争，把当地创造为抗日游击区与敌后抗日根据地。

华北各地的游击队之产生有以下几种主要来源：

（一）由最富于游击战争经验的八路军帮助发展起来的。八路军是非常热心诚意的去帮助民众组织武装自卫力量的，因为民众有了武装自卫

力量，又可反过来帮助八路军坚持敌后的抗战。八路军帮助发展游击队的方法，或者是由八路军派出一小部分队伍去作发动群众游击战争的领导骨干，从不断的游击战争行动中，吸收群众参加；或者是由八路军所派出的工作团，去领导群众组织起来；或者是由八路军派出的干部，协助地方共产党组织，或地方群众团体、政府动员机关发展起来。

（二）由地方共产党员组织起来的，他们没有八路军干部那样丰富的游击战争经验，但他们有一个最大的长处是本地人，容易接近本地群众和组织本地群众。他们开始组织游击队的方法，或者是先组织各种群众团体，如动委会、战地服务团、宣传队、农救会、自卫队等，经过这些群众团体，再去组织游击队或者是直接团结若干工农青年学生积极抗日分子成立游击队。他们最初常常只有几个人，或几十个人与极少的几支枪，在不断的实际进行抗日斗争与切实保卫群众利益中，很快便发展为成百成千成万的抗日队伍。

（三）由一切进步的分子、进步的党派、进步的政权、进步的团体（如民先、牺盟、农救等）认真去宣传群众、保卫群众利益、领导群众斗争所组织起来的。

（四）由自卫队、锄奸小组、游击小组、战地服务团、乡村工作团等本身在不断与敌人进行武装斗争中，也发展成为游击队。

（五）由原有地方武装如民团、警察、保安队及联庄、会门等改编而成的。必须注意由这类武装改编成的游击队，是要经过很艰苦深入的政治工作与组织工作，才能真正保证他是抗日的，而不是顽固分子利用来破坏抗战进步力量的，不是野心分子利用来扩充□□势力升官发财的。因为这些原有地方武装组织性质、□□、领导，一般是只适合于对内约束群众行动，而不适合于对外抵抗侵略战争。特别是会门联庄的行动，大半从地主豪绅狭隘的本身利益出发，谁去骚扰掠夺他们，他们就反对谁，解决谁；不管你是日军、伪军、抗日军或土匪。他们在抗日立场上，一般表现是中立的。抗战初起时，他们曾提出"保家不保国"的口号。因此易受敌人的互不侵犯政策所动摇，易受顽固派、投降派用作反对进步抗战的力量。我们应该努力去争取这些武装，变成抗日的武装。但必须在政治上、组织上，经过一番艰苦深入改造工作，然后才有保证。面对会门的争取改造工作，又应该是很慎重的、耐心的，不可鲁莽从事。

（六）由土匪溃兵编成的游击队，抗战初期在华北产生了很多的土匪部队，他们打着抗日的旗帜（用义勇军、救国军、游击队、别动队等名义），公开设立司令部活动，其中自然有一小部分真心愿意抗日的，但绝大部分完全仍是土匪性质，奸淫抢掠，有时甚于寇兵，为群众所切齿痛恨。敌人及顽固派曾极力利用这些土匪部队组成"伪抗日军"，来破坏抗战进步力量。我们对于土匪武装，一面应该争取他不受敌人利用；一面还要在政治上、组织上尽力改造他成为不损害群众利益的抗日力量。

（七）投降派、顽固派所组织的所谓抗日游击队，这种抗日游击队，曾经在华北有过很大的数量。他们挂着抗日的旗帜，专找共产党八路军及一切进步力量进行摩擦，实际上是配合敌人的进攻（如侯如镛、柴恩波、张荫梧之流）。他们之间为着个人利益也常常发生互相吞并现象。如果对这些摩擦无原则的退让，便会使抗战进步力量遭受很大的损失，必须给予坚决的抵抗与打击。

上述七种来源的游击队，前四种是绝对可靠的抗日力量，五六两种是应该尽力去争取改造成为抗日力量，第七种是和抗战进步力量完全对立的，不利于抗战的力量。

五、我们在开始创造游击队时，对一些
重要问题是怎样解决的

（一）人员问题：游击队员的条件，只要是坚决抗日的分子都可以吸收。但必须防阻汉奸破坏分子之混入，必须清洗流氓地痞之教育不改者，才能巩固部队。游击队员征收的方法，应该是自愿的，我们不采取强迫的办法，因为强迫而来的便不能保证每个都是坚决的抗日分子。我们征集游击队员时，或者是经过地方党员在群众中的直接宣传和模范行动，去吸取群众中抗日积极分子来参加；或者是经过各种抗日群众团体去动员群众来参加。这样得来的成份，一般是可靠的。至于大量改编溃兵、土匪、会门等原有地方武装来组织的游击队，如在改编后不切实做一番整理训练工作，便不能保证游击队员都是纯洁抗日分子，不能保证游击队本身的巩固，经不起长期艰苦的战斗。

（二）干部问题：游击队的干部必须是忠实于民族解放事业的。同时能与群众打成一片，能组织群众，领导群众斗争，能具备相当游击战争知识，而最好又是本地人，便能使这个游击队多打胜仗，有胜利发展的前途。自然，并不是每个干部一开始就完全具备这些条件的，只要真正是忠实于抗日的分子，都可以从游击战争中学习锻炼出来。最初我们所组织的游击队的干部来源，有以下几种：一是地方共产党员、民先队员、群众抗日领袖，他们一般是游击队的最初组织者，好处是能吃苦耐劳，与群众打成一片，是当地群众的领袖，但没有战争及管理部队的经验，有时把领导群众、领导学生的方式带到部队中来。二是八路军派去的老干部，好处是经过长期战争的锻炼，有丰富的领导战争、管理部队的经验；缺点则是非本地人，对于当地群众生活、习惯、心理、要求，不是每个八路军干部都能很快懂得，很快就能把干部和队员团结得很好的。曾经在若干地区都发生过外来的八路军干部与本地干部不融洽现象，这种现象当然是不好的。三是利用旧军官。如山东最初创造游击队时，曾利用不少旧西北军退伍的连排长为指挥员，他们虽有些旧军事知识，但不懂得新的革命的游击战术，而且政治上落后，旧习气很重，成绩是不很大的。

从干部问题上给我们的经验是：（1）地方游击队的干部最好是本地人，则更易发展与坚持当地的抗战。即令在最困难的条件下，如果是真正本地的群众领袖，总是有办法坚持的。（2）地方党的干部应努力向八路军干部学习领导战争及管理部队的知识，而八路军干部负有责任帮助地方干部学会掌握军队的技能。（3）旧军官如不重新经过一番军事政治的训练，或自己不努力向新的方向转变，则对游击队的用处甚小，不宜使在军事政治上独立负责。（4）初期任用干部，曾在若干地区发生偏重能力，而忽略政治上的条件，这样可能给部队以最严重的危害。

（三）枪支问题：华北过去经过许多次的军阀战争，散失在民间的枪支不少。再加上原有地方武装及地主富农自卫的枪支，和此次抗战中散失的枪支，估计在二百万以上。这是我们在华北组织游击队取得武装的主要来源。但这些枪支，敌人汉奸也在尽力收集，今天已经转到抗日部队手中的，还只是一部分。敌人也吸收去了一部分。还有很大数量，保持在地主、富人、会门、土匪手中，未充分的利用去为抗战服务。我们是要尽力争取这些枪支不落敌手，而用于抗战。一般游击队是采用以下各种方法去解决本身的枪支问题：

1. 游击队中的共产党员与抗日积极分子，自己先把家中枪支武器拿出，并向一切有枪支的人们去募捐。

2. 经过群众团体或地方政权，调查清楚有枪的人家，开借条向他借。

3. 通过地方上有威望的人士或地方政府，发起组织保卫乡里抗击日寇的武装组织，如自卫团、游击队、基干队等，把当地各家所有的枪支，都经过登记集中起来，为抗战使用。

4. 争取原有地方民间武装组织（如保安队、警察、民团、联庄、乡农学校等）改变为抗日的武装，如这些组织的分子有不愿参加抗日队伍者，应将枪支武器转交与新编的抗日队伍。

5. 从打击汉奸伪组织与日寇，去夺取其武装，来武装自己。

6. 用一部分钱，去收买溃兵散失在民间的枪支。

7. 游击队一成立后，即用自己积极作战的行动，来扩大在群众中的影响，去争取广大群众持枪来参加。

8. 在有制造枪支武器的原料及工人的地方，当尽力设法制造。

9. 请求政府及正规军帮助一部分。

游击队在取得枪支的问题上，曾经遇到一些顽固分子的顽强反对，他们或者是把枪支埋藏起来，或者是利用政权力量来限制民众组织抗日游击队。另方面成立专门对内摩擦的武装，以对消抗日的武装力量。

（四）给养问题：由群众组织起来的完全脱离生产的游击队，他的给养，自然也只有靠群众自己来维持。我们在解决游击队给养问题时，有以下的经验：（1）游击队只有用自己积极战斗的行动与胜利的影响，用自己良好的纪律与对于人民利益的爱护，才最能够取得人民对他的给养的帮助。（2）没收汉奸的财产要慎重，不可乱打汉奸，否则会引起居民的惊恐，会给敌人以挑拨离间的机会。（3）不可把敌占区看作殖民地，到敌占区强征乱募，完全不顾及敌占区群众的痛苦，这会引起敌区群众与我们严重的对立。（4）游击队的给养，主要靠向群众动员募捐来维持。在动员募捐时，最好是经过群众团体的帮助（如果有农救等组织时），采用合理负担的办法，使富有者多出。极力避免由自己直接去征发，或由旧日的区村长去平均摊派现象。（5）在已经建立起抗日民主政权，已经创造成抗日根据地的地区，各个游击队的给养，必须由各自为政的现象，进到由政府整个有计划的实行统筹统支，以免发生流弊。

（五）编制问题：游击队是完全脱离生产的武装，这是和自卫军不同的地方，游击队又是一般的不脱离本区域的地方武装，其武器是比较低级的，这是不同于正规军的地方。我们在华北各地组织的游击队，大体可分为区游击队，县基干大队，分区游击支队三种。区游击队一般的从三四十人到百余人，设中队长与中队政治指导员，县基干大队从百余人到三四百人，设大队长与大队政委。分区游击支队，从五六百人到千余人，设支队长与支队政委，当游击队的行动扩大到本县区域以外；当游击队的数量已扩大到六七百以至千人以上时，便需要使游击队正规化起来，逐渐走上正规军的道路。

（六）收编土匪及杂色部队为抗日游击队问题：有些土匪部队，要求八路军给委任，其目的在假我名义以求保存实力，任意胡为，在群众中无恶不作。因此对于这些土匪部队在我力量不能真正去改造他们的时候，不可轻易给以任何名义。凡愿意受我收编为抗日游击队的土匪及杂色部队，一定要求其服从纪律，服从编制与调动，接受命令，接受干部。一定要帮助他坚决进行一番改造工作，洗刷其不可教育的成分，才能巩固。但这应该是一个艰苦的争取工作，改造成份应当是逐渐的，各种问题应从政治上去解决，不可放任，也不可急躁。在冀南收编土匪部队有两种经验：一种是过于急躁，简单用武力解决。在这一部分问题上，或可收速效，但结果，必然将门关起来，使其他部分发生疑惧，不敢与我接近，以致阻碍对其他部分的争取。另一种是过于迁就与过于放任，以致影响有些部分，长久不能进步与巩固。

（七）游击队的使用问题：一般游击队的装备都是很差的，特别是新组织起来的游击队，不仅缺少武器，尤其缺少战争经验。所以游击队的领导者及要求游击队配合作战的主力部队，应该估计到游击队的这种实际状况，不可给以不能胜任的任务，使其遭到无谓的损失，应该爱惜保护他，最好是主力部队多方携带其作战，给以胜利的兴奋，提高其抗战决心与胜利的信心。无论如何，不应给予不能胜任的任务。

六、游击战争不仅是一种战争的形式，而且是坚持敌后抗战的组织群众的方式

游击战争是抗日民族革命战争必须采取的一种形式，同时也是今天在敌后能够去团结群众、组织群众的方式，是今天能够在敌后去创造抗日根据地，建立抗日民主政权的先决条件。如果我们今天在敌后不能广泛的把群众游击战争发动起来，不能依靠群众游击战争的力量，去打击敌人，去摧毁敌伪组织，去镇压汉奸活动，则广大群众是很难起来的；无论党、政、群众团体的组织和工作，也均困难存在和开展。在敌后离开了武装斗争，便没有抗日政权的地位，没有抗日民众团体的地位。所

以我们曾经把首先发展抗日武装，发展群众抗日游击战争，看成是在敌后开展各方面工作的中心一环。游击战争，不仅是战争的形式，而且应起宣传群众，组织群众的作用。同时它自身如果脱离了广大民众的支持，不发动广大民众的参加与配合，也绝无生存和发展之可能。游击队的队员一般是群众中最坚决的抗日分子，因此他能成为群众抗战的中坚力量。

七、游击队只有在确实保卫群众利益与积极 作战中，才能够得到广大发展

游击战争，基本上是由民众组成，又是由民众支持的。它必须能够确实保卫群众的利益，而不损害群众的利益；必须与民众打成一片，处处为着群众利益去斗争，一切行动都不脱离群众，才能受到广大群众的热心支持，才有存在与发展的可能条件。要使游击队能够这样做，必须游击队本身有坚强的政治工作，有严明的群众纪律，克服一切无组织无秩序离开政治目标活动的现象。

游击队只有在积极和敌人作战中，在积极和汉奸伪组织斗争中，在机动的、灵活的随时寻找机会去打击敌人中，才能够得到迅速广大的发展。在我们所组织的游击队中，普遍流行一句话"胜利解决一切"，就是说无论我们在部队扩大上，部队给养上，提高民众的抗战热情与争取民众的同情帮助上，虽有很多的困难，但在战斗胜利后，群众都争先恐后地把白面、馒头、肉菜送来，群众悲观失望的心理打破了，许多新游击队员涌进来了，部队本身经过战斗更巩固了！一切困难都有办法了。

有人诋毁八路军及其所领导的游击队"苛扰人民""游而不击""只知保存扩大自己力量"，这些话完全是不合事实的。因为八路军及其所领导的游击队，如果真是脱离民众、"游而不击"，那末他就不仅不能扩大而且也不能保存。在华北确有另外一种"苛扰人民""游而不击"的"游

击队"，他们企图以此保存实力。很不幸的是这种脱离群众，逃避战斗行动的部队，只能是一天天的拖溃，无法巩固，更无法扩大。这已是有目共睹的事实。

八、游击队与游击战争发展的方向

中日战争的特点，指明战争的长期性与残酷性，指明我们有在敌后广泛发展群众游击战争之必要与可能。我们不仅要在敌后巩固与扩大游击队的组织，扩大游击区的范围，经常去袭击敌人、疲惫敌人、消耗敌人、拖住敌人，以配合正面的抗战。而且要使敌后游击战争的发展，提高到创立敌后抗日根据地，缩小敌之占领区，并成为我将来反攻阶段之前进阵地。这就是说，游击战争只能是民族革命战争的一种形式，一个阶段，它不能独立的解决整个战争的问题，它必须从战争中，以其主力逐渐发展与提高成为正规军，才能达到战争之政治目的。它必须不只是注意军事的问题，而且注意政治的问题，注意在敌后建立抗日民主政权，发展群众团体，发展党的问题。然而华北各地方的共产党员及一切在敌后进行游击战争的领导者，对这个问题认识的程度，并不是一样的。有些地方在发动群众游击战争上，是获得了很光辉的成绩，但在把游击战争提高到创立敌后抗日根据地的问题上，便认识得较迟，因而没有抓紧这方面的许多必须工作。在华北游击战争从开始便有正确发展方向最好的模范，是冀察晋边区。八路军的一部分，从一九三七年九十月间，在这区域开展群众游击战争，十一月便成立军区与划分军分区，有计划的去发展游击队与扩大游击区。十二月间，一面开展游击战争，一面进行整理与向正规化道路转变的工作，把许多小的、零星的自卫队、游击队、义勇军，逐渐汇合而成营，成大队，成支队。在各部队中，都建立了正确的政治制度与生活制度。伴着游击队与游击战争在广大地区的开展，积极帮助群众成立各种群众团体与恢复各地中国的政权。先由各县自为单位的群众半政权机关（如动委会，自卫会，救国会等），经过十二月五日"晋察冀边区临时行政委员会筹备处"的工作，及一九三八年一月召集的全边区军政民代表大会，正式产生了全边区的抗日民主政权，使晋察冀区更向着巩固方向发展。二月间，把武装工作的中心，放在巩固方面，经过一番人整理，大部分游击队都走向正规化了。同时在这些部队周围，更繁殖着新的游击队。晋察冀边区是我们在敌后广泛发展群众游击战争，建立抗日根据地最典型的模范，他给我们一个从小游击队发展成正规兵团，从许多小块游击区，发展成大块抗日根据地的一幅清楚图画。

九、游击队的扩大、巩固、提高与正规化的工作

（一）扩大问题：我们在华北各地所组织的游击队之所以能很快扩大：第一是由于华北各地共产党员在抗战开始后他们没有向后方逃跑，都坚决留在敌后同华北民众一块，组织游击队，和敌人进行游击战争。第二是有八路军的干部与经验及直接帮助。第三是游击队能用它的战斗行动，用它的群众纪律，用它的拥护群众利益，取得了群众拥护。第四是军事上的机动灵活，能够保存自己，消灭敌人。第五我们是经过政治动员，经过自身的模范行动影响去吸收群众自愿加入，而不是强迫群众加入来扩大。

（二）巩固工作：由于游击队中，可能混入一些流氓兵痞坏分子，特别是那种由溃兵、土匪、杂色部队改编的游击队，成份更为复杂，常常发生损害群众利益的行为。这样的部队，不经一番整理改造，是不会巩固的。再则未经过多次战争锻炼的游击队，也还不能说是巩固的。我们为了保证游击队组织上、军事上、政治上的巩固，一般采取了以下的办

法：第一是在游击队中加强政治工作与共产党的组织。第二是游击队发展到相当数量后，必须争取时间，进行一番整理与训练工作，将不可靠的坏分子，特别是指挥机关内的坏分子清洗出去。第三是游击队的各级干部，都必须轮流抽调，经过一定时期的训练。第四是要积极的进行灵活的、机动的战斗。游击队只有在不断的战争锻炼中，才能加强与巩固起来。

（三）提高走向正规化问题：要使许多分散的小游击队，统一编制起来，统一指挥起来，要建立严格的纪律与各种制度（如政治工作制度、供给卫生制度、党的核心组织等），要提高指战员的政治军事水平，要加强他的装备及战斗力，要由地方性的武装，变成可以自由调动到一切区域作战的武装，这是一个极艰苦的工作与过程。在由八路军老干部领导开辟的区域，经验多些，办法也多些；由游击队到正规化，由游击区到根据地的缔造过程，也短些。但在完全没有创造武装部队经验的地方党，所碰着的都是新问题，便不能不经过一个较长的过程和进行极大的斗争，去克服各种阻力与困难。

首先是要克服农民群众的地方观念，落后思想。一般农民愿意参加保卫本地的武装组织，可以为保卫家乡而与敌人英勇斗争，但不愿离开家门到外地去。游击队一听到要正规化，要调到别地去，必然会引起大批的逃亡现象。为了克服这种现象，晋察冀边区的经验，不仅采取加强政治教育与党的组织工作，而且采取了一种逐渐提高农民认识的办法。第一是开始将游击队调到本地附近区域去配合正规军活动，在正规军的领导帮助之下，使他获得许多战争与胜利的经验，使他习惯于正规军的生活，再从政治上动员他编入正规军。第二不将各区的游击队直接往军区或军分区送，也不将区县游击队一下都完全编入军区支队，而是经过逐次的步骤，使他先加入县游击大队，或调到县上训练，经过一定时期的训练，再从县游击大队中，抽调一部分到军区支队去。这种渐进的办法，可以不致引起大批逃跑现象。第三对于一同参加部队的士兵，如同乡、同学、亲友等，如无政治问题，尽可能的仍令编制在一块，也可以减少逃亡现象。

其次是要克服小资产阶级、知识分子及农民的自由主义、极端民主化、不尊重纪律、反对建立各种正规制度的不正确倾向。如山东的某些游击队的干部，便有认为正规化是倒退，不愿部队有严格的纪律，不愿接受严格的指挥约束，不愿建立统一的供给制度，甚至很久没有建立起自己做饭的伙食单位。这种游击主义现象，不能不严重的影响部队战斗力的提高。

其三是要克服地方与军队间各抱"本位主义"观念。某些地方党、地方政权，曾发生"编成八路军就不是自己领导的武装"的观念。于是有坚持不肯改编的，有将好枪留在县里的，有以后不负帮助部队给养责任的。同时正规军方面，也发生过完全把地方游击队人枪编走不给地方留下一定数量的武装，以保护工作的现象。这都是不正确的，应该克服的。

其四是要纠正在统一整编时，对原有部队的干部不正确处理现象。或者因为原来干部不是党员，随便将其撤换。或者虽是党员，而缺少领导战争及管理部队的知识，也轻易将其撤换。没有估计到他们有些是本地群众的领袖，是这个部队的创造者；没有估计到轻易撤换后会引起部队的动摇；没有估计到帮助非党干部之重要与帮助本地干部学会掌握军事之重要。即令他们能力不够，也应采取派得力助手，或使任副职的办法，不可简单撤换，以致部队内部动摇。

十、准备在最困难的条件下坚持游击战争

抗战进入相持阶段，敌人对于敌后抗日根据地与游击区的"扫荡"，将愈加残酷。敌人正努力从其现有点与线之占领，经过"分区扫荡"和在新占领区"加紧修筑公路"，企图把他占领的城市据点联络起来，以达

到全面的占领。固然由于敌人兵力不足，兵力分散的基本点，由于我军与人民的英勇奋斗，无论在山地的晋冀察、晋东南和平原的冀中、冀南，所有各次"扫荡"都遭我粉碎，使敌人遭受重大损失，而未能达到预期目的，但应该承认，敌人还要继续不断的进行"扫荡"的，这是一个相当长期的异常艰苦的斗争：而且在敌人继续"扫荡"中，许多根据地，可能暂时变为游击区，特别在平原地区，根据地暂时转变为游击区的现象，正是相持阶段坚持敌后抗战，粉碎敌人"扫荡"，必不可免的现象。若干城市一时的放弃，若干地区的政权，民众团体之转入秘密或半公开，这并不是什么失败，而正是在敌后一定地区（主要是平原地区，至于山岳地区的根据地，必须坚持而且可能坚持），一定抗战过程中，对付敌人长期残酷"扫荡"的正确斗争方式。我们今天在敌后的抗战，不仅要继续尽力发展游击区与创造根据地，而且要准备某些根据地可能变为游击区的斗争方式。要准备在任何困难条件下，都能应付裕如。因此必须做到以下几点：

第一，是要创造出政治质量极好的正规军，才能在任何困难条件下，都受到广大群众的支持拥护，能够在当地坚持抗战。

第二，是地方游击队还要更普遍的发展，每个编村要有游击小组，每个区要有区基干游击队，每个县要有县游击大队的组织。他应该成为这些村、区、县的党、政、群众团体手边绝对可靠的地方武装。准备在正规军的大兵团转移时，这些地方党政群众团体，仍能依靠这个力量，坚持在当地打游击，并应付一切可能之意外。

第三，是游击队干部努力做到地方化。地方党的干部要努力学习军事，学习能够掌握部队，能够领导战斗。正规军要有计划的帮助培养地方军事干部。只有以地方干部为骨干的游击队，才能在任何困难条件之下，都可以掩蔽在当地群众中活动。

第四，要号召全体党员学习军事，要动员一切可以参加武装部队的党员，大批的加入到八路军中去，到游击队中去，到游击小组中去。这不仅是为了巩固和扩大八路军、游击队需要这样做，而且为了巩固党，把农民党员在政治上提高一步，也有重大意义。

第五，是政权更要民主，更切实注意改善人民的生活，减轻人民的痛苦。民众团体的组织与工作，必须更普遍与深入。

第六，是要准备在敌人经济上严密封锁，使我得不到外面接济时，能有法自己供给一切必需的东西。

第七，是要巩固内部团结，巩固抗日民族统一战线，严防敌人汉奸的挑拨离间、阴谋破坏。要更加强固一切抗日进步力量，去抵抗顽固分子的摩擦，才能坚持敌后的抗战。

（原载《八路军军政杂志》第二卷四期，一九四〇年四月二十五日）

粗枝大叶自以为是的主观主义作风
是党性不纯的第一个表现

（一九四二年六月二十七日）

过去我对于党性的认识，只注重从组织方面去看，认为党是有组织的整体，个人与党的关系，是个人的一切言行，应当无条件的服从党组织的决定，只要自己埋头为党工作，不闹名誉，不闹地位，不出风头，不把个人利益与党的利益对立，便是党性，并以此泰然自安。而自己日常生活上，是多少带有陶渊明所说的某些气质，"好读书不求甚解"，"性嗜酒造饮辄醉"，这种粗疏狂放的作风，每每不能深思熟虑，谨慎从事处理问题，即令自己过去曾是时时紧张埋头工作，也常陷于没有方向的事务主义，以致工作无形中受到很多损失。严格的说，这是缺少一个共产党员对革命认真负责、实事求是的态度。去年听了毛主席改造学习的报告，及读了中央关于调查研究的决定，都提出"粗枝大叶自以为是的主观主义作风，是党性不纯的第一个表现"，使我为之一惊，开始注意从思想方法工作方法上来省察自己的党性，一年以来，对于这种粗枝大叶作风对革命工作的损害，是日益增加其认识的。

这种粗枝大叶自以为是的主观主义作风，今天在某些地区及某些部门的工作中还表现得非常严重。例如：（1）某些领导机关及某些同志，决定工作计划，根本不了解实情，完全关起房门想出来的（以理想代现实，以感想代政策），根据一部分材料作普遍的决定；（2）执行上级正确指示，不能根据该地区该部门的具体情况；（3）计划决定实施后不检查总结；（4）对群众生活、群众情绪、群众要求，漠不关心。

上面是举出了在领导上，在执行上，在检查总结上，在对群众关系上，在执行抗日民族统一战线政策上，在党政军民关系上，粗枝大叶自以为是的主观主义作风的某些严重表现，这些表现，都是由于对周围情况没有系统周密的研究、不能客观全面的看问题，因而不能真正了解情况，也就不能正确掌握政策。

（原载《解放日报》，一九四二年六月二十七日）

关于大革命时期的中国共产党[1]

一、毛主席对大革命的估计

"八七"会议与六大已作了某些正确估计，指出了统一战线中独立自主、土地革命不对的地方；但未指出中国革命问题，主要是武装斗争。然而今天毛主席已在《共产党人》发刊词中指出中国革命特点是"统一战线"与"武装斗争"。

依据中国阶级关系的特点是"两头小中间大"，中国除了国共两党外，没有第三个大政党的可能。而两个极端是有很大力量的，因为无产阶级后面有苏联，有世界革命；而资产阶级后面有帝国主义；中间虽大，但政治上不强而无力，必须依靠一方面，这是大革命时期的党不认识的。毛主席已因此特点，认为对资产阶级的联合问题，则是与资产阶级争夺中间阶级的领导权。

"武装斗争"的重要性，到现在还有很多人没有明确的认识到。军队是革命的主要组织形式，有军队就能产生党，产生政权，产生民众运动……一切工作。除毛主席外，只有斯大林在大革命时就认识到（见国际七次扩大会决议），而那时党未采纳斯大林重视武装斗争的意见。

---

[1] 本文是王若飞于 1943 年 12 月 20 日和 21 日在延安的讲话记录稿。

党的工作中心，应该放在根据地还是放在白区？在大革命失败后是弄错了的，把中心放在了白区。

陈独秀在"造国论"中亦提到组织国民军，而在"国民党的一个根本问题"中，又反对搞武装，多少受了洋教条影响，即要在革命成功后搞武装。而孙中山则不同，同盟会时期即搞军事及根据地；故当其见越飞时，就谈判武装援助问题。

一九二一至二六年参加北伐，不认识武装斗争的重要性，只片面着重群众运动，国民党一反动，什么都完了。毛主席说："正确地解决统一战线"、"武装斗争"、"党建"这三个问题，就等于解决了中国革命的全部问题。毛主席对大革命的估计，见"两条路线"二〇五页。他所说的初期是由一九二一到首都革命，中期是首都革命[1]到三次暴动，后期是"四一二"以后。过去有两个很紧急的时期：（一）大革命的上海三次暴动时，（二）"九一八"事变之后。如果我党管理好了，蒋介石不会有今日。大革命时代，我党准备了群众，但党在思想上、政治上、组织上均无准备。

"八七"会议与六次大会，都未着重涉及战争与战略问题。

大革命失败后，党搞暴动是正确的；但如何搞，则尚不知道。由搞暴动使党认识了乡村，认识了武装斗争，这是"逼"出来的。

二、中国共产党的准备时期

（一九一九年五四运动到一九二四年国民党改组）

又可分为两个阶段：一、十月革命与五四运动；二、五四到中国共产党产生。

---

[1] 首都革命：1925 年 11 月北京学生、工人武装推翻段祺瑞政府、城市暴动夺取政权的一次英勇尝试。

（一）十月革命与五四运动是中国民族的觉醒

十月革命的消息传到中国后，听到了"劳农政府"与"劳工神圣"，给了中国以很大的影响——从思想到行动。五四蔡元培在天安门讲演，亦拥护"劳工神圣"。

毛主席指出：十月革命后，中国革命成了社会主义的一部分，中国民族革命已是世界无产阶级革命的同盟军，因此苏联对中国给以直接帮助；一九一九年宣布废除不平等条约，一九二〇年又照会重申平等，一九二一年远东共和国主席优林到了北京，有进步的大学教授招待，给了中国很大的影响。

苏联对中国革命实际的援助，国际派人来中国帮助中共的建立，国民党的改组，解决人才、干部、物资、武器等。毛主席在论中国革命特点时，指出中国地理上靠近苏联是有利的。

五四运动在思想上、干部上准备了一九二一年中共的成立（见《新民主主义论》）。五四是彻底的不妥协的反帝反封建，是当时世界无产阶级革命的一部分。

（二）中共的产生（一九二一至一九二四年一月）

经过了一个酝酿的过程，十月革命的影响早，但理论来得迟。当时讲无政府主义的有刘师复、江亢虎，还有李季、李达翻译了《社会主义史》、《共产党宣言》、《阶级斗争》等书，介绍了马克思主义思想。在此时成立了社会主义小组。在上海，陈独秀、李达、陈望道、余秀松成立了工读互助社。在北京，李大钊、邓中夏、张国焘、高君宇成立了工读互助团。在湖南，毛主席、蔡和森、蔡畅、郭亮、易礼容、李富春组织新民学会。其中有一部分人至法国，如蔡和森、李富春、罗迈、郭春涛、萧子升，改名为工学世界社。湖北有共学社恽代英、萧楚女。广东新学生社有杨英、彭湃、罗绮园、杨石魂、张善铭、冯××。天津觉悟社有周恩来、邓颖超、刘××、李××。在法国有勤工俭学会，学生一九二一年二千人，在进步青年中发展社会主义小组，如赵世炎、李富春等。德国有周恩来、廖焕星、朱然、邢西萍等。

一九二二年一月法国有了少年共产党，以后又合并入中共来，中国就有了Ｓ·Ｙ，这就形成了中共的第一批干部。

一九一九年共产国际就派人到中国来了，起初是苏联华俄通讯社社长，以后有高丽人巴克京春到中国来组织党。当时上海有黄介民一派，找到了陈独秀，在广州找到了区声白、黄凌霜（黄是无政府主义，去过苏联）。

一九二○年陈独秀就搞工读互助团，成立了Ｓ·Ｙ（第一任书记是余秀松，以后是施存统），此后杨明斋与魏金斯基（吴廷康）来华帮助成立中央。

一九二一年六月底七月初开第一次代表大会，共十三人，党员五十人，代表是毛主席、董必武、何叔衡、陈潭秋、李汉俊、张国焘、包惠僧、刘仁静、陈公博、周佛海、王烬美、李达、邓恩铭。

领导人是马林，国际派来的，是荷兰人。讨论的是党章、宣言、职工运动（宣言仅有稿未发表）。陈独秀当时没有参加，但是发起人，因他去广东作教育厅长了。

在大会上，有争论：（一）反对了刘仁静的反对参加资产阶级民主运动的意见；（二）反对李汉俊专作研究的意见和党员的条件问题，他不赞成职工运动，只应作马列主义宣传教育，使党成为讲台，不是行动的党。

大会后的工作：（一）作工人运动，组织劳动组合书记部（张国焘、刘少奇、柯庆施），开始了工人运动，出版了《劳动周刊》，上海有纱厂、印刷、机器等工会。（二）支持香港海员罢工，领导人为林伟民。（三）北方的铁路工人运动，吴佩孚经过白坚武找李大钊，向他提出工人的立法和自由，并允许派十数人去任铁路工人的稽查，如李泊之、陈为人、张昆弟（一九二一至二二年）。（四）毛主席在湖南领导二六次工人罢工，在罢工胜利以后，成立了工会和工团联合会，毛主席任该会总干事，工会秘书。（五）一九二二年少奇在安源组织矿工，是职工运动最发达之区，有小莫斯科之称，作法有过左之处，以后被封闭。（六）在广州召开第一次劳动代表大会，到了一百七十多个代表，代表工人二十万。

决定以劳动组合书记部为各工会通讯机关，还未成立总工会。（七）准备第二次大会，北方五矿罢工，送第一批工人赴苏联学习（刘少奇、任弼时、萧劲光等人）。

一九二二年七月，开第二次代表大会于西湖，党员一百七十人，到会的二十多人，C·Y有四千多，吴廷康参加。当时对党员的条件太苛酷，故无大发展。国际参加人为魏金斯基，决定加入共产国际，为国际支部，通过了党的政治行动纲领和大会宣言，第一次向全国人民初步的提出中国革命的正确道路。宣言的缺点，提出两次革命，其中产生了在第一个革命中放弃对民主革命的领导权，陈独秀主义此时也就产生了萌芽。提出了国民革命，打倒军阀，打倒帝国主义的口号，起了很大的作用。第一大会后，就出版了《向导周报》。

一九二三年六月在广东召集三次大会，党员四百多人，决定加入国民党，在会议上反对张国焘不要工人加入国民党的主义。陈独秀赞成工人加入国民党，并主张经国民党去工作，已有轻视独立自主领导权的萌芽。

国民党改组与国共合作。国民党在改组以前同盟会时，辛亥革命有光荣历史。改为国民党以后，由分散到瓦解，故孙中山在一九一四年又改成中华革命党，五四后又改为中国国民党。

改组经过：改组以前孙中山与国民党在群众中没有什么大的影响。由于十月革命的胜利与苏联的影响，中共的帮助，孙中山走上改组的道路。一九二一年马林来华到韶关见孙中山，孙中山同意改组，孙中山当时作广州的空头大元帅，其部下都是军阀，堕落腐化。因此马林到广州后表示失望，没有和廖仲恺谈好就走了。一九二二年越飞到中国，先到北京找到党，孙中山已被陈炯明赶到上海，共同发表宣言。谈判的主要内容是如何帮助国民党改组和组织军队，孙与廖到日本热海和越飞等商量一个多月，具体商定国民党改组问题。以后孙中山召开改组会议，以茅祖权起草改组宣言，一九二三年一月发表，决心改组。

孙中山回广州。许崇智、杨希闵、刘震寰赶走陈炯明，迎接孙回粤（一九二三年秋）。

一九二三年四月派蒋介石赴苏联，同行者有沈玄庐、张太雷，向苏联提出如何帮助财政和练兵。蒋初计划以包头为根据地练兵办学校，南征打天下，苏联不同意，决定以广州作中心。蒋回时鲍罗廷就来华。鲍来后决定改组。中心人物为廖仲恺与谭平山，决定聘鲍为顾问，成立临时中央委员会，有谭平山、许崇智、孙科、林森、廖仲恺等九人。

一九二四年一月国民党召开第一次代表大会，宣言决议都我党写好的，加拉罕来贺电，使三民主义与国民党真正走上革命的道路。

改组后我党同志加入了国民党。各部组谭平山、汪精卫，宣传部工人部陈萧波等，大权都在我党同志手中。改组前后国民党中都发生过斗争，改组前是冯自由、谢持等，改组后国民党大概可分为三派：（一）左派是共产党员与进步的国民党员；（二）中派汪精卫与蒋介石；（三）戴季陶是右派，还有伍朝枢、冯自由。反对派是离开了国民党的，中派情形是很复杂的。

国民党第一次大会后，就开办了黄埔军校，这完全是我党弄起来的，但我党对它注意不够。广东还有农人讲习所，上海有上海大学。

自一九二一年党建立起到一九二四年的七月曾召开三次大会，党员由五十人到九百人，团员有九千人，工会会员十数万。这个时期的几件大事：1.建立了在国际领导下边的中共。2.出版了《向导》，初步正确地提出中国革命的道路。3.组织了广大工人，开始了农人运动。4.帮助了国民党改组，实际上建立了统一战线，建立了国民革命的领导组织。

三、一九二四年到二七年的大革命
（初期自国民党改组至大革命）

此时中国党的领导有三个中心：

上海——陈独秀、述之、秋白、C·Y的弼时、国际代表魏金斯基。

北京——李大钊、世炎、乔年、国际代表加拉罕。

广东——陈延年、恩来、国焘、国际代表鲍罗廷、军事加伦。

形式上各地都受中央领导，中央当时还作了些工作，但许多问题各地是独立作主的。许多意见中央主张是不能到各地的，如陈独秀反对北伐，但并未影响到广东。北方大钊同志的意见是主要的。一九二四年国民党改组之后，武装斗争大大发展，到一九二七年可分为三个阶段：初期一九二四至一九二五年北平首都革命；中期一九二六年国民党第二次大会到上海暴动；末期四一二以后。

初期 全国形势是大发展的，群众运动与武装斗争暴风式的发展。

当时的大事变：广州的商团事变，冯玉祥倒戈（二四年），二五年有两次东征，反奉战争，郭松龄倒戈，奉直联合战争，直到首都革命。

在群众运动上有五卅运动，各地的群众运动都起来了。

南方革命运动有广东政府的支持，北方有国民军，这是一个热闹的时期。

（一）国民党改组后，广东内外形势与商团之变、帝国主义尖锐的对立。首先是英帝国主义，企图破坏。国民党广东的实力还不在进步势力手中，还存在着陈炯明、邓本殷，军队是反动的。而在孙的部下，有杨希闵、刘震寰、李福林、谭延闿、樊钟秀、朱培德，并不稳固。比较可靠的是粤军许崇智，国民党内部有好的廖仲恺。但蒋汪是坏的，广东政府当时还在伍朝枢、古应芬手中。黄埔军校有四百学生，广州工运农运发展。

五月因孙中山要抽税，商团就与乡下的民团联防起来，准备抗拒，帝国主义也企图利用商团与陈炯明推翻孙中山统治。八月陈廉伯请领购枪执照，孙中山批准后，只有四天枪支就到了，有九千支，与执照不符，孙决定把枪扣留在黄埔，商团和香港都提抗议，范石生等又想从中取利。当时孙也去韶关与直皖两系谈判，同时觉得广东的局面困难难以打开，所以孙企图以北伐名义，把杂牌军调走，使广州得以安静，所以有了第一次北伐。而杨、刘就不愿意走，盘踞着中路最富的区域。这时孙有放弃广州使黄埔搬到韶关去的意思。坚持广东局面鲍罗廷、陈延年是有功的。在帝国主义压迫之下孙中山同意妥协，由商会给五十万与孙，孙发给五千条枪给商团。在双十节纪念大会时，商团开枪屠杀了二十多人，商会宣布罢市，请求孙中山下野，请陈炯明回广州，使得孙部下都不满意，而能团结起来对付事变。在十四日，孙中山下决心，集中许崇智、吴铁城、范石生、杨希闵、黄埔学生、工人纠察队等消灭商团。此时陈炯明部队已到石垄，威胁广州解决商团。当时黄埔学生与工人纠察队出力最多，结果胜利的果实被杨希闵、刘震寰得去了较多。

（二）十月全国局面因冯玉祥之倒戈而发生大变化。当时力量最大的是吴佩孚，他想武力统一中国，英帝国主义支持。日本支持奉张反对吴，吴首先打卢永祥，发生了齐燮元、卢永祥之战，取得上海。以后就三路攻打奉天，冯玉祥是一路，冯与吴利害冲突，当时任陆军检阅使，没有得到地盘，吴不允冯进攻上海和浙江。国民党改组后，国民二军是胡景翼，三军是孙岳，国民党中委焦易堂、于右任的影响，部队中有一王旅长是中共党员，另有俄大使加拉罕影响，又受到革命的影响。当吴在山海关作战时，冯即由热河撤兵占领北平，奉军入关，夺取河北、山东，冯的势力则在晋、陕、绥、察与甘肃，吴佩孚逃到南京。

冯在北京拥段祺瑞组织政府，奉直二系都不反对，因段没有力量，各方都以之为傀儡。冯此时致电广州，欢迎孙中山北上，段亦不反对。

党内争论：中央是不赞成中山北上的，对冯倒戈后革命意义估计不足；广东省委同志则认为孙之北上可以使革命运动推向北方发展，所以赞成中山北上。而国民党内的坏蛋易培基等却都想孙北上以便做官。

在孙北上时我们提出了：（1）召集国民会议，组织民众政府；（2）实行国民党第一次代表大会宣言。段则提出善后会议以对抗之。

各省纷纷成立国民会议促进会，国民党代表大会宣言得以深入群众。

一九二五年三月孙到北京，三月十二日病死。党利用此事在各地召开追悼大会，使革命影响传散各地。孙的两个有历史意义的文件遗嘱及致苏联信都是出于我党之手。

此时全国各地工人运动大大发展，全国铁总也成立了，京汉铁路工会也恢复了。

当时国民二军胡景翼的部队最大，有二十多万人，是绿林英雄，如果我们能利用此机会发展武装，完全可能。

北京×××××是在俄国领事馆李大钊房子里，与胡谈判在开封设立军校，拟招收二千学生，其规模大于黄埔，苏联顾问到了（二十至三十人）。加伦也被调来北方，因地区上连接，援助方便。

第一次东征，此时广州以黄埔学生为中心（教导团），配合许崇智的队伍进行东征打败陈炯明，夺取潮汕（当时陈炯明、林虎轻视之）

（三）第四次代表大会，一九二五年一月在上海召开，党员有九百多人，团员九千多人。所讨论之问题：国民会议，如何在北方发展革命力量，国共合作（左的倾向，工农不加入国民党，由第三次继承下来）。通过宣言，党章及各种决议（工农学妇）。恩来同志参加这次会议。

（四）五卅运动，一九二五年二月，先有内外棉各厂罢工，反对打骂工人，污辱女工，大小便不自由，结果要求达到，复工。到五月厂方逐渐把条件推翻，又发生斗争，顾正红惨案发生，发展援顾罢工，学生也起来援助，这次是日本厂的同盟罢工，第一次大规模的罢工。同时上海租界发生了"华董"问题，一般市民因"华董"问题对租界不满。党决定把"华董"问题与罢工斗争联系起来，使这两个运动扩大起来。租界当局又发布加马头捐、巡捕捐等，也因而发起斗争。又因为会审公厅审判被捕学生，群众举行示威，包围工部局，巡捕开枪，发生惨案，学生罢课，工人罢工，也开展了商人罢市的斗争。开始是反日本帝国主义，运动开展之后，则是反英国的，全国各地纷纷反对，形成一个极大的运动。在北平"六五"示威，六月二十五日全国罢市、罢课反日示威。天津李景林压迫，河南焦作矿工罢工，坚持八个多月。在上海工人九月至十一月全部复工，五月在广州召开第二次劳动大会，成立全国总工会。

在这次伟大的群众运动中，广东则消灭了刘杨，接着就发生响应五卅运动大示威。六·二三惨案之后，开始了省港大罢工，有三千多人。由香港回来的罢工委员会，实际成为第二政府，纠察队一千到三千人，广东政府宣布抵制英货，罢工工人则四处巡逻，贯彻抵货，政府支持罢工，设饭堂宿舍上课训练等。这个罢工支持十六个月，才开始复工，但在四一二以后，才真正复工。

上海当时成立了"工商学联合会"（上海有两个商会，一个总商会，一个是各马路商界联合会，学生联合会）。起初商界罢市是勉强的，以后商人们发生动摇（大资产阶级首先动摇，罢市后首先活动复市），要求复市。为了中国工厂复工，工部局停止电流和捐款等问题，与资产阶级斗争很激烈。这种资产阶级力量很大及其与我之斗争，给了陈独秀思想上以极大的影响，陈一面恨资产阶级，一面觉得资产阶级力量大。

五卅运动时，陈独秀是估计不足的，他在论五卅运动的文件中：（1）五卅不是法律问题，而是政治问题。（2）是长期斗争，这是对的。（3）不依靠政府，只依靠民众力量，这是不对的，因为当时并不能推翻政府。八月才逼迫政府向帝国主义交涉。当时口号：反对一切帝国主义，要想单独反英是不可能的。收获如下：

（1）深入了反帝宣传；（2）全国工人群众有了组织；（3）全国学生组织起来；（4）共产党、国民党都有了发展；（5）支持了国民军在北方的斗争；（6）巩固了广东的革命根据地；（7）表现了各阶级的政治面貌；（8）准备了北伐在全国的群众基础。

（五）肃清刘杨二次东征，廖仲恺被刺案。消灭刘杨之后，七月一日广州政府正式成立，汪为主席兼军委主席，胡汪、廖谭为常委，以后三人意见与胡抵触。孙北上时，胡带六师，此时才取消胡，以汪代之。当时应以廖为主席，廖是有权力与实际的，他自己搞财政，一切决定权在廖手中。他集中于财政的整理与军队统一，把广东军编为八个军，第一军蒋介石，第二军谭延闿，第三军朱培德，第四军李济深，第五军李福林，第六军程潜，所以右派与帝国主义恨廖。

八月二十号廖遇刺。杀他是右派与英帝国主义干的，把胡汉民强迫送莫斯科。给反革命镇压，因四师打刘杨时，潮汕又被陈炯明占领，于是又作二次东征，到一九二六年广州革命根据地巩固起来了。

（六）戴季陶主义与西山会议派（谢持、张继等）。帝国主义提出反赤口号，特别支持国民党中的反动派，以分裂国民党、破坏国民党左派。当时在北京成立了国民党同志俱乐部（冯自由等）。上海成立了辛亥俱乐部。在广州组织了孙文主义学会（除伍朝枢以外），帝国主义则支持勾结某些反对广东政府的人。

此时戴季陶出版了"孙文主义的哲学基础"《中国国民革命与中国国民党》，提出了一套反革命的理论，以阶级调和代替阶级斗争，主张国民党与共产党只有党外合作，不允许共产党改造国民党。帝国主义都是支持他的。

改造国民党是完全必要的，因为它不是一个党而是四个阶级的联盟，无产阶级在其中起决定作用。如果我们实行党外联合，那就是把国民党这个统一战线的组织和领导送给国民党中反动分子（大资产阶级），这个理论是极反动的，很厉害的。

（七）北京开第一次党的扩大会议，一九二五年十月开于北京俄国大使馆。这次会议有个总的政治决议，其余有关于国共合作，职工运动，土地问题，组织问题，青年问题，各省工作。主要是总结五卅运动的经验与目前的任务。在总的决议中提出确定资产阶级的叛变性与无产阶级的先锋作用。在土地问题决议案中，指出党应有农民政纲，主张没收大地主、官僚、寺院、军阀土地，交给农民，过渡时期的要求是减租减息。但主要问题是国民党与军队问题未正确提出，对军队问题当时还没有明白的认识，自己建立军队的想法是没有的，当时有创军可能，也可联军，联军的办法也是可以采用的，而我们没有懂得。蒋对这个问题是高明的。

决议上说军队中应作政治工作帮助人家，根本没有提到建立自己的军队。最大的错误是对国民党的问题，把国民党认为是小资产阶级的，不是阶级联盟，决议案中说国民党是代表小资产阶级与农民的党，应继续联合。此时我们必须把领导权拿在我们手中来，应该争取我们对党对军队，对政府的领导权，对于这个问题扩大会上是没有认识的。对于国民党斗争的策略，其思想上：（一）国民党内演成为共产党与右派的斗争，这是于我们不利的。（二）只看见共产党员的活动，没看见国民党活动，所以要保持独立性，即是说要由党内的联合变为党外的活动。（三）具体的规定办法：（1）共产党的独立群众运动，尤其是在广东；（2）工农群众的获得；（3）非必要时，我们的新同志不加入国民党，不担任国民党的工作，尤其是高级党部的工作；（4）要左派起来积极负责，我们不要去代替，合作逼迫国民党参加民族运动。

须知当时国民党左派即是共产党，我们如果不去代替，就无所谓左派，大的错误就由此铸成。

一次扩大会是不要国民党的精神，是不要领导权的精神，是较大的错误。

（八）反奉战争由孙传芳发动，吴佩孚也参加。十月，奉军被赶出江苏与安徽，国民军也参加。党的政策则支持国民军，反对奉军，号召人民不要把反奉战争看成军阀战争，组织铁路工人帮助运输。在天津附近组织武装配合战争，在农民中也组织群众援助军队。当时中心农运在河南，因为机会主义与政策错误，没有做好，国民二军与群众关系不好。我们又号召群众拥护二军，几万红枪会几次想攻打洛阳，都是我们先来退兵的结果。群众深夜爬进城，来把领袖杀掉。反奉初期是胜利的占领了南口天津等地，奉军退出了关外。

此时发生了郭松龄倒戈，事前郭与李大钊有关，进军逼近沈阳，日本则出兵直接干涉阻其前进，截断铁路，并用空军轰炸，郭部很快淘汰，但榆关附近还是郭部军队。

（九）郭变失败后，我党即图改造北方政府，把章士钊、李思浩、曾毓隽反动内阁改组，与北平卫戍司令鹿钟麟面谈无效。因此党决定自己搞武装，依靠的力量是学生工人与国民党第一军，号召打倒军阀，打倒段祺瑞。在十二月二十八日开群众大会后，砸了章士钊的住宅，向段的住宅前进，而段则已经有了准备，鹿钟麟则派兵驻守，结果"首都"革命就流产了。北京当时是轰轰烈烈的，而陈独秀批评只是示威而已。初期由此结束，郭松龄倒戈是个高潮。失败后则只能在北方采取守势了。

中期（一九二六年国民党二次代表大会到一九二七年上海暴动）。

此时革命受到部分的挫折，如北京的三一八惨案，广州的三二〇事变。但在七月开始北伐，胜利更大的十月占领两湖闽浙等省；北方有冯玉祥在五原誓师，声势浩大，此时的军队中有共产党员参加，力量就更大了。

上海暴动是中期的最高潮，如果我党政策掌握得好，是不会有蒋介石的，虽然有三二〇也是可以挽救的。

（一）国民党第二次代表大会（一九二六年一月开于广州）。到会代表二百五十人。当时国民党在我们手中，湖南、湖北、江浙都是在我们手中的，代表都是左派，大多是共产党员，形势是很好的。但我党政治上已发生了严重的错误，允许国民党的右派回广东。孙科、戴季陶都回去了（广东省委是不同意的）。陈独秀则主张让国民党左右派去斗争，要争取右派，以为不要资产阶级参加是不好的。当时汪精卫也主张在国民党中央中我党可占三分之一，而陈独秀主张不要这么多，结果我党只有六个人，这是以后错误的根子。

（二）南方的三二〇事变，是蒋介石的阴谋。国民党二次大会后，戴季陶积极起来反对中共与国民党左派，蒋命令中山舰舰长李之龙将中山舰开赴黄埔，李执行之，反而被诬害，蒋加以逮捕。派兵包围省港罢工委员会、东山俄国顾问住宅。当时鲍罗廷、陈延年都不在广州，延年是事前一天回到广州的。当时在广州主持的是卡山加与布不洛夫。当时广州党估计我们力量是可以给蒋以反击的，而国民军二、三、四军均反对蒋之此举，汪为政军主席也有权。但是当时陈独秀中央则主张采取退让政策，理由是我们在国民党中太突出了，故应退让。同时，卡山加以同志态度对于国民党，以自己为统帅，引起了国民党很多不满，工作上很多人不满，独秀以此为借口主张退让，不要还击。因此蒋要求撤退军中的党员，我即允许之。鲍罗廷赶回广州时，曾企图自己组织军队（恩来、鲍罗廷回广州后还是主张退让，但应将蒋介石哄出北伐，以便我们能在广州来个自己的三二〇，在前方倒蒋）。谭延闿曾找过毛主席，应主张反击。但布不洛夫等是不同意反击的。三二〇退让之后，国民党继续进攻，造成国民党分裂的空气，就开国民党第二次扩大会，右派西山会议派张静江等大批回来了。会议主要内容是整理党务案，有几个决议，主要的是：1.共产党员不能作国民党中央委员；2.共产党员不能参加国民党；（？）3.共产党员在国民党部中只能占三分之一；4.国际指示宜先交国共委员会；5.在国民党中工作的共产党员名单要交出；6.共产党员不能任国民党高级党部的部长，已经担任的退出。

这由容共到联共，党内合作到党外合作。此时蒋、戴等右派很厉害，他们提出，"这不是反共，只是如何联共的方法问题"；陈独秀也以为是。国民党内部的事我们无庸过问，以为因为他们力量不够，所以不敢分裂。

（三）北京三一八惨案：一九二六年一月奉张与吴佩孚联合攻打冯玉祥，而冯拟通电下野以张之江代之。此时党内陈独秀失踪（因病住医院），故立即召开紧急会议。延年、弼时、平山、秋白等，均至北平出席，决定争取冯玉祥，挽回，不下野，但无结果。奉直战起，进攻国民军。三一八群众示威，反对帝国主义支持奉系军阀，结果死二十六人，伤二百多人。李大钊同志也参加示威，被人压倒。三一八后国民军逐渐败退，退出北京、河南，守南口后，退绥远，北方局势转入了反动局面。国民二军垮得最惨，二十多万人剩下二三万人，革命遭受挫折。

（四）一九二六年八月到九月在上海召开中央三次扩大会。在决议中，把北方看成是防卫的战争，由于北方三一八，广州的三二〇，吴佩孚的南征，唐生智的败退，到衡阳表示愿意加入国民党，全国反动占优势。因此，如何利用北伐开展群众运动（？）。陈独秀未看到军阀的矛盾与五卅后的群众运动发展，因此在北伐过程中，就未讨论到土地革命、群众运动等问题，特别是军队工作的重要也未认识到，土地问题的决定，还不如在北京扩大会的决定。此次会议没有毛主席参加。最主要的是对国民党问题仍是坚持北京扩大会的方针（退出国民党），有许多问题提得很糊涂。对民族革命领导权提法是工农领导不取得资产阶级小资产阶级，革命就流产，此次决议是陈独秀自己写的。

（五）北伐与冯玉祥五原誓师。三二〇事变后汪即隐蔽，直到五月整理党务案后，始离开广州出去。蒋作总司令把一切军政财权都掌握在他手中，这时规定总司令职权内政外交等均受其指挥，蒋之此举夺军政党权是自觉的。一九二六年七月二十七日誓师北伐，蒋介石七月二十九号出发，兵分三路去，湖南的是第四、七、八军，打先锋的是叶挺部。九月四号打下了汉口，十月占领武昌，势如破竹。去江西的是第二、三军，九月二十号进南昌又退出，至十一月又占南昌。出福建的是何应钦第一路。三路中以湖南一路打得最好。蒋自己一路打得最坏，蒋恐惧忧虑，又曾一度想找我党合作。

冯玉祥九月由苏联回来之后，获得了洋枪洋人大批干部、俄国顾问、军械等。九月在五原誓师之后，十一月解西安之围，席卷陕甘，节节胜利。北伐胜利之快，原因是：（1）帝国主义估计不足出于意外。（2）军阀内部不统一不团结彼此观望。（3）广大群众的帮助。（4）军队中共产党员的英勇善战。

（六）北伐中群众的发展。北伐军占领武汉后工人均已组织起来。武汉工会有二三十万人，两湖工人都有组织。农民协会已大大发展，湘省十一月有百万多会员。次年二月有二百多万，湖北省二百多万，江西一百多万。到后来，两湖与江西有九百多万人。上海及各城市工人运动蓬勃发展起来（由于米价物价高涨，待遇很坏，见赵世炎论上海工潮）。北伐过程中，我党是把广大群众发动起来了，下层党员积极工作，这是他们的功劳。

（七）国民党二届三中全会是在一九二七年三月七号开于武汉。开会的原因是鲍罗廷原有削弱蒋之企图，到武汉后我们力量发展了，中共支持国民党左派，第二、四、六军是同情于我们的，唐生智也很左。而另一方面蒋企图把持一、七军，包办一切，发生党权（武汉）与蒋之军权（总司令）之矛盾。蒋要国民政府搬到南昌，我们主张搬到武汉。此时蒋已开始压迫群众运动，武汉发动反蒋，蒋有九江南昌惨案，显然对立。为此特召集三中全会，表现很好，通过决议，内容并不减于国民党二次大会决议案内容：

一、政治宣言方针——（1）继续援助工农运动；（2）一切行政权集中于国民政府；（3）巩固与苏联关系；（4）加强军队。（见原文）

二、告农民宣言

三、内蒙国民党问题

四、外蒙关系问题

五、统一党的领导

六、统一财政问题

七、总司令的职权问题

八、农民问题决议——（1）农民是革命主力；（2）土地问题必须解决；（3）必须有农民的武装；（4）实行对农民贷款。

这是一个很革命的会议，中央决定了要参加政府，工人，农民，内务部，均有中共党员担任，蒋之趋势日益分化出去。这是党的政策方针的转变，如果能贯彻下去，是可以挽救危局的，当时中央大批同志到了武汉，但陈独秀未去。

（八）上海暴动、北伐胜利之后，许多军阀都投到革命军中来了。这些势力都是拥蒋的。一九二六年十月第一次暴动，因为在浙江起义，上海工人第一次企图响应，结果只有一百武装，未成功。一九二七年二月第二次暴动，当时北伐军一部到了嘉兴，二月十九日全上海大罢工，工人都坐在家中没有行动，参加罢工人数前后有三十多万人。罢工是上海总工会下的命令，中央与区委事前不知道，一罢工之后中央才决定暴动，积极准备。当时在黄浦江中有一只军舰，大副是郭跃生同志，规定七时开炮作信号，结果因为工人群众和武装搞得不好，准备不充分未能动起，但我们取得了经验。三月二十一日第三次暴动，军事上由恩来同志负责，区委为罗亦农同志，武装技术都准备好了，当时北伐军抵龙华不远，决定三月二十一日十二时罢工，一齐罢下去了。全上海工人八十万人，群众都走上了街头，自己也有二百多枪支，起来之后就夺取警察武装，首先夺下的是南市，以后是浦东，但在闸北的斗争是艰苦的，和毕庶澄打了二天一夜。二十二日白崇禧的军队到了附近，按兵不动，反对暴动，企图以毕之力消灭工人武装。但我们仍继续坚持下去，派代表去告诉，他们才来，薛岳部先开到，而工人已占领全沪了。没有北伐的形势，上海暴动是困难的。暴动成功后，上海市及东三县吴淞均是我们的了。这时也发生了武装问题，政权问题。而我对这不知如何，犯了很大的错误。白崇禧军队不来也不知独立搞政权暴动，后由南市闸北工人纠察及出布告代理政权，群众工人表现混乱，工人纷纷要求成立工会，弄昏了头脑。另一方面逮捕工贼三百多，无人管问，还要给饭吃，毫无思想准备站在领导上的地位工作。到四月初，国际来电×帝国主义军队进攻时，应考虑如何掩护自己力量问题。当时上海的英兵有四万人，同时与蒋勾结，以黄金荣、杜月笙流氓等来进攻，组织中华共济会。蒋的作法是收买流氓组织假工会，以流氓工会反对工人，然后以武装出来调解实行镇压，发生四一二事变。

上海暴动是应当的，但陈独秀以后迷惑是不对的，错误不在军事上，而在政治上，不知道搞政权军队，不知道争取蒋介石之下较好的军队（如薛岳部）。这是幼年的党。

上海暴动结束了大部的中期。如果在四一二之前，我们政策正确，南京是不会落到蒋的手中去的。四一二以后情况就不同了，蒋已树立了他自己的势力，消灭他已不容易。

末期（一九二七年四一二——南昌暴动）

此时群众运动大大发展，但我党的军事力量未准备好，全党对于政权的思想也没有具备好，武汉政府处内外敌人的夹攻中，五月起形势急转直下，七月更坏，到八月一日南昌起义。现要说到以下的几个问题。

（一）"四一二"事变：四月初，汪精卫由欧洲经莫斯科回国，到上海受到了欢迎。汪见了陈独秀，又见了蒋介石，即此可以说明汪是动摇的。此时发表了汪、陈宣言，汪不想发，而报纸已登出。吴稚晖大骂汪精卫。汪一怒赴汉，以后汪之叛变也不是偶然的。

（二）"四一二"以后武汉时期的内外形势：群众是大大发动了（米夫说的不是事实），农会代替了政权，武汉的工人都一直组织起来了，童子团大活动。少奇同志领导工会占领、收回英租界，向政府提出拒绝英军上岸，政府即接受，因此帝国主义更加仇恨。外国兵舰在武汉有三十只（相当于三十个师兵力）（？），积极准备进攻，准备封锁，使武汉的经济财政发生大的困难，以致商店工厂关门，物价涨粮食缺，货币跌价，大大地影响了人民的生活。当时武汉工人运动中是有左的错误，成了经济主义的偏向，而未去注意领导工人建立政权、夺取武装。于是武汉政府感到无办法，国民党中的资产阶级、地主动摇起来。唐生智说群众污辱其家属，故在国共联席会上，汪精卫提出抗议，质问陈独秀，弄得我们手忙脚乱，忙于应付。此时就需要我们有正确的政策，而我们准备是不足的。

（三）在此经济紧急情况下就召开中共第五次大会，四月二十四日于汉口，主要解决当前的问题，但在许多重大问题上未好好的解决。此次大会代表一百多人，正式的八十人，党员有五万七千人，团员七万人（？），工会会员二百八十万人，农会会员近二千一百万人。毛主席参加此次大会，李大钊同志已被杀，蔡和森、陈乔年参加了，国际代表有鲁易（印度人，已反革命）、鲍罗廷、米夫、罗卓夫斯基，起决定影响的是鲁易和鲍罗廷。大会的议程是：陈独秀的政治报告；鲁易关于国际第七次大会的报告；各种委员会研究各种问题。

汪精卫于大会开幕时到会，同时有徐谦、谭延闿到会致词，并参加关于国际问题的讨论。对于中国革命前途问题，汪发表了意见。大会上没有什么争论的，虽然在会前，秋白同志曾著了一本小册子《第三国际还是第〇国际》，批评彭述之、陈独秀，称为彭述之主义。在陈未到武汉以前即散发，干部看过后未注意，在大会上秋白的小册子并未起什么作用。由于：（1）这小册子同志们未了解陈独秀的家长制度，因秋白同志只提到彭述之。（2）党员水准很低，没有积极注意思想。（3）陈在大会上接受了对于自己的一些错误的批评（除三一二事变外），很多高级干部不能认识到陈是机会主义，只了解是瞿彭之间闹意见。争论只是在几个同志的脑子中，没有开展。更重要的是，当时在一些实际工作上，全党毫无例外是彷徨的。只有毛主席当时是看见一些问题，然而他并未在中央负责。即使在中央也不能彻底改变当时的情形，党员还不能认识自己的领袖。大会对于国民党政治军事问题未明确解决，特别是土地问题无结果。当时争论的问题有三个：（1）政治没收；（2）一切没收；（3）只没收大中地主的土地，军人与小地主不没收。

大会的决议，是第三条主张，以后感到有矛盾故未发表。当时没收土地，并不是唯一的问题，因为群众起来的时候是在"减租减息"的口号之下发展起来的。如果当时要解决土地问题，就必须准备破裂，这要看我们的实力是否已有准备了，没有的。

在五次大会争论还有：（1）深入广出的问题；（2）西北发展路线的问题。陈主张广出，不能深入，把革命推到其他区去，理由是："小赵说的是！他主张不能深入而在广出，北伐东征把唐谭之军引出×乡。免妨解决土地问题。"一、本地革命军队可叫到其他区域去发展，以免受本地群众的影响和威胁。二、西北农民军队冯玉祥可以依靠。

西北学说是鲍罗廷的想法，他认为东南发展有与帝国主义直接冲突的危险，而向西北可接近苏联，联系冯部，把两湖土著军队拉出去，把土地革命推迟一下。鲍罗廷在广州即常谈，研究太平天国与帝国主义冲突对于革命不利。要鲍出席解释，他未来。因此鲍陈都主张推迟土地革命，一心想把冯玉祥接通后再来。

我认为五大之错，不在于未没收土地，而是未直接去搞政权，军队。三月不搞四月还可，即使五月再搞亦还有可能。夏斗寅叛变，叶贺部队，武汉军事学校，农军国民纠察队，张兆丰部队，搞十万二十多万人都可以的。陈鲍企图不与帝国主义冲突是对的，因为那时没收土地就会破裂，中心问题是没有注意搞武装。国际指示组织五万人，有了武装，就会有办法组织一切。

大会五月闭幕，五月一个月情况很紧张，唐生智部出发，帝国主义、豪绅地主积极破坏革命，并打入革命内部活动。表现在：1.夏斗寅的叛变，五月十七日联合刘××、杨森攻武汉。2.许克祥在长沙叛变，就是马日事变，进攻总工会，杀一百多人。平浏农民进攻长沙，罗迈停止之，怕破裂，要经合法手续解决（罗当时是湘省委书记）。3.武汉政府发了许多反动命令，保护地主整顿工人纪律等。4.五月底唐生智通电反共。5.何键亦发反共训令（六月）。6.六月国际来电要中共立刻实行土地革命，改造国民党，武装五万农民、二万党员，清洗叛将鲁易。鲁易先给汪精卫看，不先给党中央看，汪精卫翻了。

六月郑州会师，大家很高兴，汪精卫、张国焘、鲍罗廷都去郑州，哪知冯玉祥专车往徐州会蒋，冯回后发表反共通电，西北根据地的想法是走不通了。此时唐生智军也向武汉，情形更坏。

鲍罗廷当时的布置：（1）准备一些军队去南昌回广州去；（2）组织临时中央，张国焘任主席，要陈独秀去海参崴，大派干部去苏联。

此时（七月），罗明那兹也来，准备中央会议与南昌暴动，国府已免鲍罗廷顾问职。

六月中央会议，企图推迟叛变，通过了对国民党的十一条机会主义大纲，这个大纲是陈独秀起草的，而国民党是积极的向我们进攻。七月谭苏辞职，退出政府，七月十三日党发表退出国民党政府宣言。七月十五日武汉政府发出反共宣言，武汉时期就此结束。

七月十五日以后，我党影响下的军队向南昌去，八一暴动，回广东先潮汕再转广州。为什么要回广东呢？可不可以就在南昌干下去？当然是不了解：（1）城市与乡村的问题，（2）外援与自力更生的问题。

故不在当地深入发展革命，不发动群众，单纯军事行动，结果失败。以为回广东去，当时有一只俄国的船，枪支有五百××，马上可以取得这点接济，以后还可以不断地取得，这是外援论。

大革命时期总结：

大革命时期近四年，我党领导了国民党建立根据地、创造革命军，领导了省港罢工，领导了上海三次暴动，领导了北伐，开展了全国的群众运动，党的路线在开始与中期基本上是正确的，错误主要是末期。

由一九二四年至一九二五年底，我们帮助了国民党建军，开始认识了军队的重要，但不是自己搞，而是帮别人搞。军事行动广东是胜利的，北方是失败的。

一九二六年至二七年四一二前，中期对于国民党的政策是错误的，与第一期是相反的。对于武装斗争仍然没有认识自己搞的重要，使我党失去了全国胜利的机会。

四一二后革命营垒虽已分裂，但快搞武装搞政权。有正确的政策，依靠广大乡村是可以巩固胜利的，但中央当时是没有认识到的。整个大革命时期，有三个关键，三二〇，四一二前夜，马日事变，都不应为退却而退却。

四、关于八七会议与十一月会议

八七会议是罗明那兹领导的，决定取消陈独秀的领导，时间只开了一天，先准备好告同胞书，批评了过去的机会主义，但对当前问题未提出来。

对中国武装斗争特点，可以不要城市，不要外援的特点还是不认识的，根据地的观点还没有，还是以城市为中心的思想。组织上包括左的错误，暴动时大杀大烧，红色恐怖，在黄浦搞暴动，切断京沪路。宗派主义打击政策就开始了，对于过去一切否定，投机分子打入（参看少奇同志的信）。但开始了自己建立武装的工作（南昌暴动）是对的。对于八七会议应正确认识。

十一月扩大会议（一九二七年十一月在上海）对于时局的估计是错误的，认为革命是一直高涨的，（中缺）提出了组织政治纪律，处罚一大批人，开除了谭平山，处罚了周、张、李、恽及毛，继续开展了打击政策，连王若飞也处罚了。

十一月扩大会议政治上、组织上，都是错误的。

几点意见：一、被迫上山与自觉上山。二、城市中心与乡村中心。初期以城市为中心还是对的，转变到乡村为中心是不自觉的、被逼的。现在是乡村包围城市，将来还会有城市去改造乡村。三、枪杆子出一切，毛主席说中国革命主要形式是战争，主要组织是军队。四、自力更生与争取外援。五、统一战线□□□□□□要有一套艺术，反对当前的直接的主要敌人。六、口头的革命家与实际的革命家。七、无产阶级领导资产阶级。八、减租减息，土地革命。九、党外合作与党内合作，应是后者而非前者，实行改造国民党的党是对的，大资产阶级已修改容共为溶共。十、党外简单，党内复杂。十一、党内要着重于领导骨干与党的纪律。十二、统一领导与分散经营。十三、旅莫支部积极因素与消极因素，积极的是组织纪律，决心牺牲；消极的是狭隘经验，不提高，事务主义。十四、照书本洋人办事，还是以实际办事，敢不敢自己创造。十五、朴素辩证唯物论，是错误还是正确（王稼祥说毛主席是朴素辩证唯物论是错误的）。十六、认识中国与改造中国。十七、被逼认识与自觉认识，后者不易。十八、新陈独秀主义与老陈独秀主义，新的诡辩论，旧是机械唯物论，现在的党已不是幼年的党，已有十年斗争，是不允许的。十九、斯大林与中国革命，要读斯大林的文章和讲演看《六大以前》。二十、米夫文章是贩私货的，有托派观点，有不合事实的东西在内，亦应注意大革命时代有关的干部，紧急时期中共一文。

（原载《近代史研究》，一九八一年第一期）